Tucholsky Wagner Zola Fonatne Sydow Freud Schlegel
Turgenev Wallace
Twain Walther von der Vogelweide Fouqué Friedrich II. von Preußen
Weber Freiligrath
Kant Ernst Frey
Fechner Fichte Weiße Rose von Fallersleben Richthofen Frommel
Hölderlin
Engels Fielding Eichendorff Tacitus Dumas
Fehrs Faber Flaubert
Eliasberg Ebner Eschenbach
Feuerbach Maximilian I. von Habsburg Fock Zweig Eliot
Ewald Vergil
Goethe Elisabeth von Österreich London
Mendelssohn Balzac Shakespeare Dostojewski Ganghofer
Lichtenberg Rathenau Doyle Gjellerup
Trackl Stevenson Hambruch
Mommsen Tolstoi Lenz Droste-Hülshoff
Thoma Hanrieder
von Arnim Hägele Humboldt
Dach Verne Hauff
Reuter Rousseau Hagen Hauptmann Gautier
Karrillon Garschin
Defoe Baudelaire
Damaschke Hebbel
Descartes Hegel Kussmaul Herder
Wolfram von Eschenbach Dickens Schopenhauer Rilke George
Darwin Melville Grimm Jerome
Bronner Bebel Proust
Campe Horváth Aristoteles Federer
Bismarck Vigny Barlach Voltaire Herodot
Gengenbach Heine
Storm Casanova Tersteegen Gilm Grillparzer Georgy
Chamberlain Lessing Langbein Gryphius
Brentano Lafontaine
Strachwitz Claudius Schiller Kralik Iffland Sokrates
Katharina II. von Rußland Bellamy Schilling
Gerstäcker Raabe Gibbon Tschechow
Löns Hesse Hoffmann Gogol Wilde Gleim Vulpius
Luther Heym Hofmannsthal Morgenstern
Roth Klee Hölty Goedicke
Heyse Klopstock Kleist
Luxemburg Puschkin Homer Mörike Musil
La Roche Horaz
Machiavelli Kierkegaard Kraft Kraus
Navarra Aurel Musset Moltke
Nestroy Marie de France Lamprecht Kind Kirchhoff Hugo
Laotse Ipsen Liebknecht
Nietzsche Nansen Ringelnatz
Marx
von Ossietzky Lassalle Gorki Klett Leibniz
May vom Stein Lawrence Irving
Petalozzi Knigge
Platon Pückler Michelangelo Kafka
Sachs Poe Kock
Liebermann Korolenko
de Sade Praetorius Mistral Zetkin

Der Verlag tredition aus Hamburg veröffentlicht in der Reihe **TREDITION CLASSICS** Werke aus mehr als zwei Jahrtausenden. Diese waren zu einem Großteil vergriffen oder nur noch antiquarisch erhältlich.

Symbolfigur für **TREDITION CLASSICS** ist Johannes Gutenberg (1400 — 1468), der Erfinder des Buchdrucks mit Metalllettern und der Druckerpresse.

Mit der Buchreihe **TREDITION CLASSICS** verfolgt tredition das Ziel, tausende Klassiker der Weltliteratur verschiedener Sprachen wieder als gedruckte Bücher aufzulegen – und das weltweit!

Die Buchreihe dient zur Bewahrung der Literatur und Förderung der Kultur. Sie trägt so dazu bei, dass viele tausend Werke nicht in Vergessenheit geraten.

Reifezeit

Charlotte Niese

Impressum

Autor: Charlotte Niese
Umschlagkonzept: toepferschumann, Berlin

Verlag: tredition GmbH, Hamburg
ISBN: 978-3-8424-1134-0
Printed in Germany

Rechtlicher Hinweis:
Alle Werke sind nach unserem besten Wissen gemeinfrei und unterliegen damit nicht mehr dem Urheberrecht.

Ziel der TREDITION CLASSICS ist es, tausende deutsch- und fremdsprachige Klassiker wieder in Buchform verfügbar zu machen. Die Werke wurden eingescannt und digitalisiert. Dadurch können etwaige Fehler nicht komplett ausgeschlossen werden. Unsere Kooperationspartner und wir von tredition versuchen, die Werke bestmöglich zu bearbeiten. Sollten Sie trotzdem einen Fehler finden, bitten wir diesen zu entschuldigen. Die Rechtschreibung der Originalausgabe wurde unverändert übernommen. Daher können sich hinsichtlich der Schreibweise Widersprüche zu der heutigen Rechtschreibung ergeben.

Charlotte Niese

Reifezeit

Erzählung

1908

Heute habe ich alles wieder gesehen, alles, wonach ich mich lange sehnte, und von dem ich immer träumte.

Die kleine Stadt, in der ich meine ersten Kinderjahre verbrachte, den schiefen Kirchturm, von dem die Glocken so besonders klingen, und den kleinen Friedhof, auf dem die Menschen Platz finden, die sich nicht zur römisch-katholischen Kirche halten.

Harald hat sich sehr gewundert. Er hat die Ranken von den Grabsteinen weggeschnitten und dann die Namen gelesen.

Annaluise Pankow, geborne von Falkenberg, und Harald Pankow.

Mutterlieb, das sind ja unsre Namen, rief er. Du heißest Annaluise, und ich Harald, und du bist eine geborne Pankow.

Es sind meine Eltern, die hier ihre Ruhestätte haben, belehrte ich ihn. Sie sind beide jung gestorben. Meine Stimme klingt ruhig. Als ob das, was ich hier sage, mich nichts anginge. Und dennoch habe ich oft mein Herzblut verweint nach dem sanften, milden Vater, der hier unter Ranken und Dornen schläft.

Die Amseln singen kurz und süß, von der Stadt her läuten die Glocken.

Mein Junge kletterte auf die Mauer, die den großen katholischen Kirchhof von diesem armen Eckchen trennt. Er blickte auf den großen Cruciferus, der seine Arme weit über die Welt streckt, auch zu uns her; er betrachtete die kleinen Täubchen, die auf den Kindergräbern aus der Erde wuchsen, die häßlichen Perlkränze, die der

Wind leise hin und her bewegte; dann horchte er wieder auf den Amselschlag und sah einem Falter nach, der von unsern Gräbern zu den andern schwebte. Ich aber blickte auf die kleine Stadt, die da unten zwischen den Bergen lag. Es ruht so oft wie ein Schleier auf ihr. Das sind vielleicht die Rauchwolken, die aus den Essen steigen, und bei deren Feuer die Abendsuppen gekocht werden. Ich aber hasse es, an solche Prosa zu denken. Für mich sind diese grauen Schleier der Vorhang über allem Geheimnisvollen, Zarten, das in jedes Menschen Brust ruht. Solch ein Städtchen hat sein Geheimnis wie jede Seele. Viel hat es gesehen und erlebt, aber es plaudert nichts aus. Schweigend liegt es zwischen den runden Kuppen der Eifelberge; und selbst wenn der Teufel einmal wieder zu ihm käme, wie in alten Zeiten, es würde seinen Mund nicht auftun.

Ja, einstmals ist der Teufel über Birneburg dahingefahren und hat den Kirchturm ausreißen wollen. Es ist ihm aber nicht geglückt; nur schief ist das Türmchen geworden und also eine Art Sehenswürdigkeit. Aber der Teufel tat sich weh. Die Hand verrenkte er sich, und in den Eifelwäldern hat es hinterher viel Stöhnen und Geschrei gegeben. Bis der Teufel wieder gesund war und anderswo sein Unheil versuchte.

Glaubst du die Geschichte, Mutterlieb? Harald und ich gingen vom Friedhof zur Stadt hinunter, und ich erzählte ihm vom Teufel. Auch wie er sich doch manchmal wieder nach Birneburg wagte.

Mein Junge macht dann so versonnene Augen und horcht mir zu, als wollte er mir die Worte von den Lippen nehmen.

Es ist eine Sage, Harald. Du weißt, Sagen sind Geschichten, die man nicht gerade zu glauben braucht, die –

Hier stockte ich. Wie ich immer zu tun pflege, wenn meine Rede einen schulmeisterlichen Anstrich erhält. Außerdem weiß ich nicht so recht weiter und freue mich, daß Walter, mein Ehemann, sichtbar wird. Ist er nicht gerade ordentlicher Professor geworden und muß alles wissen? Der Ordinarius hat lange genug auf sich warten lassen. Da war ein alter Vorgänger, der nicht abgehn und auch nicht sterben wollte. Nun hat er sich zu dem ersten entschlossen; und Walter Weinberg ist an seine Stelle getreten.

Also ich überantwortete Harald meinem guten Manne, ließ die beiden zum Gasthaus am Markte gehn und wanderte selbst eine schmale Gasse hinunter, die ich seit mehr als zwanzig Jahren nicht gegangen war. Und ich entsann mich ihrer doch noch so gut, wie ich weinend und in elendem schwarzem Kleide von der Frau Bäckermeisterin in ihr Haus geführt wurde. Mein Vater war meiner Mutter im Tode gefolgt, und ich sollte nicht allein in dem kahlen Zimmer bleiben, in dessen Mitte ein Sarg stand.

Die Straße hat nicht viel Änderung erfahren. An dem einen Hause steht noch die Mutter Gottes mit dem Jesuskindlein aus Porzellan auf dem Arm. Das Kindlein habe ich damals sehr bewundert und hätte so gern damit gespielt. Das aber ging nicht an. Nur aus der Ferne durfte ich es anstaunen.

Der Florian vor dem Wolladen war auch noch da, und die heilige Anna, die den Mädchen zum Manne verhilft. Vor ihrem kleinen Schrein lagen heute ganz frische Blumen. Sind sie ihr von einer dankbaren Seele gebracht worden oder von einer, die das Hoffen nicht lassen kann?

Am Ende der Straße liegt der Laden mit der goldnen Brezel davor, und in ihm hantiert eine starke Frau. Sie hat Silberfäden im Haar und ein freundlich-ruhiges Gesicht.

Ich erkannte sie gleich. Sie ist alt geworden, aber ihre gütigen Augen sind dieselben geblieben.

Es war niemand außer ihr im Laden, und ich trat ein.

Frau Bäckermeisterin, ich bin Anneli Pankow, und ich muß Ihnen die Hand drücken. Sie sind damals so gut mit mir gewesen, so sehr gut –

Die Frau ließ mir die Hand; aber ihr freundliches Gesicht wurde verlegen.

Anneli Pankow? Ich weiß doch nit!

Dann fiel es ihr ein.

Ach, das klein Dingelchen, wo die Mutter sterben mußt, und der Vater auch! Jesus Maria Josepp, so ein armes Kind. Wie gehts Ihnen denn?

Ich saß mit ihr in der kleinen Hinterstube des Ladens und erzählte von mir. Wie ich verheiratet wäre, und es mir gut ginge. Aber ich hätte sie nicht vergessen. Ihre Güte, ihren »Platz«, ihre Trostworte. Ich sprach verworren; aber sie hörte mir freundlich zu, sah mit ihren klaren Augen in mein Gesicht und wiederholte immer wieder:

Ei, da freue ich mich!

Es war ein hübsches Wiedersehen. Die Frau so einfach würdig, ohne falsche Bescheidenheit, innerlich frei von allen Äußerlichkeiten. Ohne sie wäre das arme verwahrloste Kind vielleicht verkommen; davon aber sagte sie kein Wort. Sie freute sich nur, daß ich an sie dachte. Sie hatte mich halb vergessen: nach mir waren wohl andre gekommen, denen sie helfen mußte, denn sie hatte eine offne Hand, und jedermann wußte es. Aber daß ich kam und sie nicht vergessen hatte, freute sie.

> Tue Gutes, wirf es ins Meer:
> Siehts nicht der Fisch, siehts doch der Herr.

Als ich nachher von der Frau Bäckermeisterin wegging, mußte ich an dies Verslein denken. Meine damalige Wohltäterin kennt den Spruch nicht; aber sie handelt danach. Morgen will ich sie noch einmal besuchen und mich dann umsehen, was ich ihr schenken könnte. Eine Freude muß ich ihr doch machen; schon deswegen, damit sie Anneli Pankow nicht wieder vergißt. Walter und Harald hatten sich unterdessen gezankt. Sie tun es oft, wenn sie allein sind, und es kommt vom Lateinischen. Walter ist immer so ein Musterknabe gewesen: Primus in allen Klassen, und die alten Sprachen sind ihm nicht schwer geworden. Daß sein Sohn jetzt Mühe hat, die Sprache der alten Römer zu begreifen, ist ihm unfaßlich. Harald ist eben mein Sohn. Er hat meine Augen, meine Haare, meine träumerische Art, meine Anfälle von Faulheit. Walter ist entrüstet, wenn ich mich faul nenne; er sagt, daß ich eine tätige, sparsame Hausfrau wäre, und daß es für mich überflüssig sei, den ernsten Wissenschaften Gedanken zu widmen. Aber ich habe nie gern lernen mögen. Schon damals nicht, als Onkel Willi mich zur Strafe französische Vokabeln und Gesangbuchverse lernen ließ, und ich lieber den kleinen Vögeln lauschte oder meinen eignen versonnenen Gedanken nachhing. Männer sind ein wunderliches Geschlecht. Walter haßt es, wenn ich meine Fehler bekenne. Nach seiner Ansicht habe ich keine, weil ich seine Frau bin. Aber mein Junge, der auch sein Kind ist, sitzt voll von denselben Fehlern, und der Vater sieht sie mit einer gewissen Erbarmungslosigkeit.

Als ich also in den Gasthof kam, war Walter verstimmt, und Harald sollte gerade zu Bett geschickt werden. Um sieben Uhr, an einem warmen Augustabend, wo der Mond langsam über den Bergen aufging, und eine träumerisch weiche Luft die Stadt einhüllte.

Ich sagte einige begütigende Worte; da erlaubte Walter, daß der Junge noch ein Weilchen neben uns vor der Tür sitzen durfte. Der arme Schelm hatte Tränen in den Augen und eine belegte Stimme. Alles von wegen einer lateinischen Regel, die er als Sextaner hätte wissen müssen und nicht wußte. Auf dem Marktplatz plätscherte ein Brünnlein, und die Leute saßen auf seinem steinernen Rand, unterhielten und neckten sich. Neben uns hatten ein paar Handlungsreisende Platz genommen, die sich abgestandne Witze erzählten und dabei so herzlich lachten, daß man mitlachen mußte. Und dann sang eine junge Stimme irgendein Volkslied.

Solche Stunden liebe ich. Wenn nichts von mir verlangt wird, wenn ich still sitzen und auf das horchen darf, was um mich hergeht, wenn mein Junge seine Hand in die meine schiebt, und wenn mein Mann durch seine stille Gegenwart mir sagt, daß auch er nicht unzufrieden ist mit der Welt.

Aber diese Stunden dauern niemals lange. Gerade als wir prosaisch wurden und vom Abendbrot sprachen, stürzte Bernd Falkenberg auf mich zu und schüttelte mir die Hand, als sollte sie abfliegen.

Bernd Falkenberg ist mein richtiger Vetter. Sein Vater und meine arme Mutter, die hier auf dem Friedhof schläft, sind Geschwister gewesen. Meine Mutter war ein eigenwilliges Kind. Sie lief mit einem armen Studenten, Harald Pankow, davon, heiratete ihn und ist dann jung und im Elend gestorben. Wenige Monate vor meinem Vater, der in dieser Stadt als Advokatenschreiber sein Leben fristete, bis es aufhörte.

Für die Freiherren von Falkenberg war diese Verwandtschaft nicht gerade erhebend, und zuerst haben sie sich auch wohl nur ungern um mich bekümmert. Meines Vaters älterer Bruder, Willi Pankow, nahm mich vorläufig zu sich, war gut zu mir in seiner stillen, verträumten Art und hatte zuerst gewiß die Absicht, mich immer bei sich zu behalten. Aber daraus ist dann doch nichts geworden. Wie es gekommen ist, weiß ich nicht mehr; aber Onkel Willi entdeckte plötzlich, daß er ein Dichter und Schriftsteller war, und hat sich als solcher einen Namen gemacht.

Damals, als der innere Ruf an ihn erging, ist er aus dem alten Schloß gezogen, in dem man ihm eine Freiwohnung gewährte; mich aber nahmen die Falkenbergs auf ihr Gut Falkenhorst, und mit Bernd, dem einzigen Sohn und Erben, habe ich auch immer wie mit meinem Bruder gestanden.

Bernd hat eine Pensionsfreundin von mir geheiratet: Doraline, Freifräulein von Degen. Wir nannten sie Dolly Degen, und wir lachten oft über sie, weil sie so hochmütig war und auch etwas dumm. Meine wirkliche Freundin, Bodild Rosen, und ich hielten uns selbst für sehr viel klüger als Dolly. Aber vielleicht ist sie doch nicht so dumm gewesen; denn jetzt macht sie einen recht verständigen Eindruck, und die Unterhaltung über Stammbaum und Ahnen, die sie einst so liebte, wird nicht mehr geführt. Walter sagt, Dolly mußte erzogen werden, und das Leben hat diesen Auftrag besorgt.

Ach ja, sie tut mir bitterlich leid! Zwei Jungen hatte sie, und die sind ihr beide an der Diphtheritis gestorben. Nun ist ihr nur ein kleines schwächliches, weinerliches Mädchen verblieben, und die Aussichten auf einen andern Erben sollen gering sein.

Vielleicht kommt es davon, daß Dolly jetzt immer verstimmt ist und keine rechte Freude mehr am Leben hat. Aber sie vergißt dabei ihren Mann, der es auch nötig hat, gut behandelt zu werden. So ein armer Kerl will doch noch seine Freude haben nach all dem Leid.

Bernd hat sich in den Reichstag wählen lassen, um nicht immer auf Falkenhorst zu sitzen; und wenn es ihm im Sommer zu langweilig wird mit Dolly und Lita, dann reist er umher, hält Reden in irgendeinem Verein und studiert Land und Leute andrer Gegenden. So war er denn dieses Jahr mit Frau und Tochter in die Eifel gekommen, und in der kleinen, hinter der großen gelegnen Gaststube saßen wir zusammen, tranken Bernkastler Doktor, aßen Forellen und Kramtsvögel dazu und plauderten von alten und von neuen Zeiten.

Walter war ehemals Bernds Lehrer; deshalb kennen sich die zwei so gut und haben sich immer viel zu sagen. Jetzt steckten sie auch gleich die Köpfe zusammen und tauschten ihre politischen Ansichten aus. Bernd ist konservativ; Walter etwas nach links; das geht gut zusammen, und sie werden sich nicht langweilig. Dolly nahm mich natürlich gleich in Beschlag, und Harald mußte Lita unterhalten. Er tat es nicht gern; kleine Mädchen sind ihm oft sehr langweilig, und wenn ich ihm rührend vorzustellen suche, daß seine Mutter ebenfalls ein kleines Mädchen war, dann wird er nicht bewegt.

Dich hätte ich schon gern gehabt, Mutterlieb, erklärt er. Aber die andern Mädchen sind mies!

Ich weiß gar nicht, was »mies« ist; aber wenn ich mir heute abend Lita betrachtete, ein kleines blasses Ding mit roten Augen, dann konnte ich mir ungefähr denken, was er meinte. Die zwei Kinder ließ ich aber doch miteinander fertig zu werden versuchen und horchte auf Dolly Degen und ihre vielen Klagen. Es ist wirklich schade, Dolly hat regelrecht Jagd auf meinen Vetter Bernd gemacht; jetzt, wo sie ihn hat, ist sie nicht zufrieden.

Ach, Anneli, das Leben ist doch schwer! seufzte sie. Bist du eigentlich ganz zufrieden?

Ganz zufrieden? Ich wiederholte das Wort und stutzte ein wenig. War ich ganz zufrieden?

Dolly sprach schon weiter.

Ich habe mir den Ehestand ganz anders vorgestellt. Viel lustiger und mit viel mehr Freuden. Aber Bernd spricht nur von meinen Pflichten. Auf dem Lande ist auch immer soviel zu tun; und man hat beständig Verdruß mit den Leuten. Und dann die Schlachtereien und die Weihnachtsschenkerei. Und dann Litas Gouvernanten, die sich nicht mit dem Kinde stellen können. Und dann meine eigne schlechte Gesundheit. Eigentlich müßte ich auf ein Jahr mal ganz heraus; aber Bernd sagt, dazu habe er kein Geld; dabei geht er ein paarmal im Jahre nach Berlin. Ach ja, der Ehestand ist nicht so, wie man sich ihn in der Pension denkt!

Ich habe mir damals eigentlich gar nichts gedacht, erwiderte ich.

Nein, du machtest nicht viel Pläne; aber weißt du nicht, was Bodild Rosen alles vom Ehestande verlangte? Eine Fürstenkrone zum wenigsten und einen schönen dunkeln Mann dazu. Eine Fürstenkrone hat sie allerdings erhalten; aber der alte Fürst Monreal, dessen Gemahlin sie geworden ist, ist alt und immer krank. Weshalb sie den genommen hat, ist mir ein Rätsel. Aber vielleicht wollte sie von zu Haus weg, wo sich ihr Bruder mit einer reichen Amerikanerin vermählt hat. Die Stellung als Hofdame verlor sie ja nach dem Tode der Großherzogin-Mutter. Aber ich möchte Bodild gern einmal wiedersehen. Weißt du noch, damals in Luzern, wo wir als Pensionskinder deinen Onkel Willi besuchten, wie sich Bodild in ihn verliebte? Sie hätte ihn vom Fleck weg geheiratet, wenn er gewollt hätte. Aber er sah den Unsinn ein und ließ sie abreisen. Er war eigentlich ein reizender Herr, und ich denke noch oft an ihn. Schreibt er noch viel? Sein Name wird kaum mehr genannt.

Ich wollte antworten, daß Onkel Willi, soviel ich wußte, nur seiner stillen Beschaulichkeit lebte, als Bernd meinen Namen rief.

Anneli, so höre doch auch gefälligst, wenn ich mit dir reden will! Ich soll dir einen schönen Gruß von Fred Roland bestellen, du erinnerst dich doch noch seiner? Er paukte mich zum Abiturium ein und besuchte mich damals in Luzern. Damals, als sich Doktor Weinberg hoffnungslos in dich verliebte!

Walter lachte und sah mich freundlich an.

Aber Anneli Pankow verliebte sich nicht in den armen Doktor Weinberg.

Ich war zu jung zu solchen Dingen, entgegnete ich.

Von der Liebe wollte ich auch nicht reden, fuhr mein Vetter fort. Von Fred Roland, der lange schon Doktor der Medizin und der Chirurgie ist, und der jetzt nach Bärenburg ziehn wird, um eine kleine Privatklinik zu übernehmen. Sehr gut scheint es ihm bis dahin nicht ergangen zu sein. Er hat schrecklich früh geheiratet, hat drei Töchter und muß streben, um weiterzukommen. Er freut sich, euch zwei Weinbergs in Bärenburg zu treffen.

Wo haben Sie ihn gesehn? fragte mein Mann.

Hier irgendwo in der Eifel. Er lief mit dem Rucksack umher und wollte sich erholen. Hat irgendwo eine Durchlaucht behandelt, und dabei eine Bekanntschaft gemacht, die es ihm ermöglicht, die Klinik zu übernehmen. Man sieht ihm den Tatendurst am Gesicht an, aber bis dahin scheint er nur zum unsteten Wandern, zum ewigen Wohnungswechsel geführt zu haben.

Die kleine Privatklinik ist ehemals gut gewesen, erzählte mein Mann. Aber dann übernahm sie ein Arzt, dessen Frau nichts von der Hauswirtschaft verstand. Da ist denn das Ganze heruntergekommen. Hoffentlich ist die Doktorin Roland eine gute Hausfrau?

Bernd zuckte die Achseln. Davon weiß ich natürlich nichts. Sie ist eine Pastorentochter aus der Kleinstadt, in der auch Anneli einen Teil ihrer Kindheit verlebte, und sie heißt Rosa. Weißt du noch, Anneli, daß unsre alte Teckelhündin auf Falkenhorst ebenfalls Rosa hieß? Sie hatte, wenn ich nicht irre, vierundsiebzig Kinder, und eins davon hieß Cäsar. Und dieser Cäsar –

Ich stand auf.

Morgen wollen wir weiter plaudern, Bernd. Ich bin sehr müde, und mein Junge ist schon mehr bewußtlos.

So trennten wir uns also, trotz Bernds Sträuben. Aber mein Mann war es auch zufrieden. Er ist denn auch sofort eingeschlafen, und Harald habe ich im Nebenzimmerchen kaum aufs Bett gelegt, als er schon friedlich atmete.

Nur ich hörte noch lange das Wasser des alten Brunnens rauschen.

Fred Roland ist meine Jugendliebe gewesen. Damals, als ich auf dem Schloß bei Onkel Willi wohnte, und Fred mein Freund, mein Ideal war. Er war ein hübscher Junge mit herrischen Augen und Bewegungen, ganz anders als seine Mutter, die demütig ihre Straße ging. Sie arbeitete Hauben und Hüte für die Bewohnerinnen der kleinen Stadt, und wenn sie sich auch Frau nannte, so war dieser Titel ihr weder durch Standesamt noch Kirche verbrieft und versiegelt. Damals habe ich Frau Roland sehr lieb gehabt; und ich würde sie noch lieben. Sie hatte Verständnis für das einsame Kind mit seinem Liebesbedürfnis, und man mußte zu ihr Vertrauen haben.

Fred liebte seine Mutter über alle Maßen; ich merkte es, als ich in ihrem Hause krank war. Denn einmal, an einem bösen Wintertage, brach ich auf dem Eis ein und wäre ertrunken, wenn nicht Fred mich gerettet hätte. Damals brachte er mich zu seiner Mutter; und in dem kleinen behaglichen Wohnzimmerchen bin ich wieder zurechtgepflegt worden.

War es von der Zeit her, daß ich mir einbildete, Fred Roland müßte eines Tages kommen und mich zu seiner Frau machen? Ich weiß es nicht mehr. Nach meinem Unfall kam ich bald zu den Falkenbergs, lernte mich beherrschen und benehmen, wurde aus einem Wildfang ein ganz gewöhnlicher Backfisch und bildete mir ein, sehr vornehm heiraten zu müssen. Aber als ich dann Fred in Luzern wiedersah, wo ich mit meinen Pensionsfreundinnen Onkel Willi besuchte, da hoffte, da wünschte ich – Es war ein Irrtum. Fred, der eben erst Student war, hatte sich schon gebunden. Er vertraute mir an, daß er sich mit Pfarrers Röschen verlobt habe.

Von meiner Kindheit her kannte ich das Röschen. Sie war blond und sanft und immer artig. Sie war zwei Jahre älter als Fred und hatte ihn sich sanft auf einem Abiturientenball erobert.

Von diesem Bekenntnis starb ich natürlich nicht, weiß auch nicht, ob ich zum Sterben unglücklich war. Aber ich weiß doch, daß die Welt, selbst die lachende Schweiz, für mich nicht mehr so strahlend lächelte. Damals war es, daß Bodild Rosen, meine Herzensfreundin, ebenfalls ihren ersten Schmerz erduldete. Sie hatte sich in meinen Onkel, den fast sechzigjährigen Mann verliebt und wollte ihn heiraten, um ihn zu pflegen. Er aber war zu edel und verständig, dies Opfer anzunehmen. So haben wir Jungen zu der Zeit alle unsre Schmerzen gehabt, denn auch Bernd begann der Liebe Gluten zu empfinden und ließ sich von Onkels Hausfräulein beinahe dingfest machen. Diese Sache ging bald vorüber; aber es war immerhin ein Erlebnis, über das Bernd gelegentlich noch spricht. Die einzige, die nichts erlebte, war Dolly Degen. Dafür hat sie dann jetzt den Majoratsherrn von Falkenhorst geheiratet und seufzt über die Enttäuschungen des Ehestandes.

Und ich? Nun, ich habe meinen guten Walter und meinen heißgeliebten Jungen. Walter hat mich immer sehr geliebt, vielleicht zu sehr; aber er kann es nicht ändern. Seine Natur ist weich; er muß lieben. Nur beim Lateinischen wird er hart. Mein armer Harald, was soll doch aus dir werden, wenn du keine Neigung verspürst, Professor und ein gelehrtes Haus zu werden!

Wir werden noch zwei Tage in Birneburg bleiben. Walter hat entdeckt, daß sich hier in der Nähe eine römische Niederlassung befindet, an der jetzt Ausgrabungen gemacht werden. Ein Steuerbeamter, der sich für diese Sachen interessiert, hat sich erboten, ihn zu begleiten, und beide Herren sind schon in der Frühe abmarschiert. Harald sollte eigentlich mit; aber ich habe ihn frei gebeten. Er soll mit mir durch die alten, engen Gassen zur Frau Bäckermeisterin gehn, und wir wollen zwei Kränze aus Rosen auf meine Gräber legen, und dann will ich ihm von meinen Eltern erzählen, die alten Geschichten, die er lange weiß, und die er immer wieder hören mag. Daß sie arm, krank und einsam waren, daß sie nun friedlich schlafen, und daß sie weiter leben im Herzen ihrer Tochter.

Ja, Sie habens besser als die armen Verstorbnen! sagte nachher die Frau Bäckermeisterin zu mir. Da saßen wir zusammen in dem kleinen Hinterstübchen, und sie hatte mir erzählt, wie alles gewesen war. Armut, Krankheit, Tod und zu allem das Leid, das Unglück selbst verschuldet zu haben. Die junge Frau war so eigenwillig gewesen; sie wollte nicht warten, bis der Mann Amt und Brot hatte, sie heiratete ihn, den Eltern zum Trotz.

Ach, ich kannte die Geschichte. Sie war mir auf Falkenhorst noch deutlicher berichtet worden als hier in der behutsamen Sprechart der Frau Bäckermeisterin. Aber ich mochte sie doch nicht hören. Unsre Eltern dürfen keine Fehler haben; unser Gefühl sträubt sich gegen diesen Gedanken. Die Bäckermeisterin sah mich an und legte dann leicht ihre verarbeitete Hand auf die meine.

Der Herrgott und der Heiland nehmen alle Sünd weg! sagte sie tröstend. Danach gingen Harald und ich auf den Kirchhof. Er trug die Kränze, und ich schritt in Gedanken, bis mein Junge mich am Arme zupfte.

Mutterlieb, die Frau Bäckermeisterin hab ich gern! Wenn ich einmal in Not sein werde, dann gehe ich zu der!

Hoffentlich wirst du niemals in Not kommen, Harald!

Man kanns nicht wissen, Mutter. Die Not kommt schnell; Lita sagts auch. Sie sagt, kaum ist die eine Gouvernante aus dem Hause, dann kommt die andre hinterdrein, und bei jeder gibts eine neue Rede von Tante Dolly.

Lita sollte sich recht Mühe mit dem Lernen geben, sagte ich. Als Kind habe ich es gehaßt, wenn die Erwachsnen solche weise Sätze zu mir sprachen; aber jetzt greife auch ich zu diesem Mittel. Kinder verlangen eine Dosis Moral, über die sie nachdenken können.

Lita möchte auch wohl lernen; aber sie sagt, es ist mühsam. Und Mühe mag sie sich nicht geben.

An uns vorüber zieht ein alter Gaul einen mit Steinen beladnen Karren bergan. Der Treiber geht lässig nebenher, knallt mit der Peitsche und flucht.

Da legt mein Junge seine Kränze auf den Karren und schiebt hinterher, daß er dem Pferd die Arbeit erleichtere. Es gelingt ihm nicht, die Ladung ist zu schwer; aber der Treiber schämt sich plötzlich, ruft nicht mehr Hott und hüh, sondern stemmt sich in die Räder. Und dabei lacht er und schlägt Harald ermunternd und zufrieden auf den Rücken.

Wir standen nachher auf dem Kirchhof, legten die Kränze auf ihre Plätze und sahen wieder in den Sonnenschein und auf die stillen Berge. Der alte müde Gaul war seine Straße weitergezogen, und sein Treiber half ihm nach, aus der Ferne konnten wir es sehen. Ich aber dachte, ob meine Eltern mich geliebt hätten, wie ich meinen Knaben liebe. Wie entsetzlich schwer muß es ihnen geworden sein, ihr Kind einsam zurückzulassen.

Ach, wir wissen nicht, wieviel Leid die Welt schon trug. Und wieviel sie weiter tragen muß.

Jetzt sind wir wieder in Bärenburg eingezogen. Es ist keine große Residenz, sondern ein winkliges Universitätlein. Hier ein leeres Schloß mit historischer Vergangenheit; dort einige holprige Gassen; recht ansehnliche Universitätsbauten und dazwischen der Student und der Philister.

Wir gehören natürlich zu den Philistern. Unser Häuschen liegt etwas vor der Stadt; wir haben ein nettes Gärtchen und einen Ausblick auf hübsche Waldberge. Im Sommer sind diese Berge lebendig. Da singt und spielt der Student tagtäglich in ihnen; aber jetzt liegen sie in tiefem Schweigen da. Denn wir haben noch nicht den fünfzehnten Oktober; noch ist kein Student herbeigekommen, der Bärenburger Philister seufzt über seine leeren Zimmer, und manches hübsche Kind über ihr leeres Herz.

Wir sind zeitig heimgekommen. Erstens Haralds wegen, dessen Schule schon lange begonnen hat, und dann hat Walter viel zu arbeiten. Er will populäre Vorträge in mehreren süddeutschen Städten halten, die dann später als Buch erscheinen sollen. Früher hat er immer über die populäre Wissenschaft gelacht, gerade wie Professor Müller, der gefürchtete Kritiker der Fachblätter; aber jetzt will Walter Geld verdienen. Ein wenig nötig hätten wirs schon; als Außerordentlicher war Walter nicht gerade glänzend gestellt, und mein Kapital, das mir von meinem Onkel, Bodo Falkenberg, vermacht wurde, ist allmählich darauf gegangen. Mir macht es nichts aus; aber Walter will anfangen zu sparen für mich und für Harald. Er sagt, wenn er aus der Welt ginge, dann hätten wir nichts. Aber warum sollte er gehn? Er ist noch jung und hat eine gute Gesundheit. Weshalb also die populäre Wissenschaft anrufen, damit unsre Sparkassenbücher inhaltsvoller werden? Walter lächelt zerstreut, wenn ich so mit ihm spreche; und er sitzt hinter seinen dicken Büchern und destilliert einen feinen Tee für höhere Töchter und ernstdenkende Frauen.

Mir ists natürlich recht, wieder daheim zu sein. In meinem Häuschen und im Garten, der voll von Herbstblumen steht. In meinem Wohnzimmerchen, das den Namen Salon nicht ertragen würde, und wo ich hinter Mullvorhängen gerade so glücklich bin wie eine Geheimrätin hinter ihren Spitzenstores. Wir sind sehr einfach eingerichtet; aber jedermann findet es behaglich, sogar die neue Magnifika, die aus einem reichen Fabrikantenhaus ist und sich kaum vorstellen kann, daß man ohne Smyrnateppiche glücklich sein kann. Ich freue mich immer, wenn die Menschen gern zu uns kommen; aber Gesellschaften geben wir nicht. Wir haben nicht die Mittel dazu und verkehren daher nur freundschaftlich in einigen gleichgesinnten Familien. Niemals entbehre ich Mittagsgesellschaften und Abendessen; aber es tut mir leid, daß unsre hiesige Geselligkeit eigentlich nur aus beiden besteht – man ist doch halbwegs ausgeschlossen, wenn man diese Feste nicht mitmacht. Die deutsche Wissenschaft scheint sich gern gut nähren zu wollen.

Heute saß ich in der Laube hinterm Hause, hatte mein letztes Pflaumenmus eingekocht und wollte den Duft der letzten matten Rosen auf mich einströmen lassen, während ich dazu ein Stückchen Shakespeare las. Da erschien Frau Doktor Roland und machte mir ihren Antrittsbesuch. Sie hätte mit ihrem Manne kommen wollen, aber er war heute verhindert, und es drängte sie, mir zu sagen, daß sie mich nicht vergessen hätte. Ich wäre ein so komisches Kind gewesen.

Daß des Pfarrers Röschen mich ein komisches Kind nannte, verdroß mich; aber ich ließ mir nichts merken.

Von Ihnen weiß ich allerdings nichts mehr, Frau Roland, sagte ich freundlich. Nur daß Sie sehr blond waren und sehr artig. Sie waren auch immer viel älter als ich!

Frau Roland errötete. Ihr einst so frisches blondes Gesicht war welk geworden, und ihre Kleidung hatte etwas Kleinstädtisches. Die leise Anspielung auf ihr Alter mißfiel ihr. Ich bereute sie auch schon, und ich beschloß, sehr nett zu werden. Aber unsre guten Vorsätze stiegen schnell davon, wenn die andern Menschen eklig bleiben.

Ich habe Sie wenig gekannt, Frau Professor, fuhr Pfarrers Röschen fort. Gesprochen ist manchmal von Ihnen in unsrer Stadt, damals, als mein Mann Ihnen das Leben rettete –

Waren Sie schon damals mit Fred Roland verheiratet? erkundigte ich mich lachend, und die kleine Frau sah mich unsicher an.

Gewiß nicht, aber ich sage doch immer mein Mann, wenn ich an Fred Roland denke. Er ist doch jetzt schon lange mein Mann. Und wir wohnen hier in Bärenburg, in der Klinik am Schwanenweg, und ich bin fremd hier und möchte gern etwas Rat haben. Sieben Jahre lang sind wir schon herumgezogen, bald hier, bald dort; nirgends ist es uns recht geglückt. Fred ist zu tüchtig: er kann nicht recht in die Höhe kommen! Frau Rosa Roland war in ihrem Element; sie konnte unbehindert von dem sprechen, was sie am meisten beschäftigte, und ich unterbrach sie nicht mehr.

Fred hat leider oft Streit, fuhr sie klagend fort. Er sagt seine Meinung offen und ärgert damit die andern, die sich mehr als er dünken. Aber wenn er doch Recht hat –

Sie sah mich fragend mit ihren matten Augen an, und ich nickte zustimmend. Da erzählte sie mir noch mehr. Von dem vornehmen Chirurgen, der bei einer Operation einen großen Fehler gemacht hatte und von Fred darauf aufmerksam gemacht worden war. Der Mann war sein Feind geworden und würde ihn vernichtet haben, wenn nicht plötzlich ein freundlicher Zufall eingegriffen hätte.

Fred war in Thüringen, um einen kranken Arzt zu vertreten. Da wurde er aufs Schloß zum Fürsten Monreal gerufen, der sich das Knie verletzt hatte. Fred hat ihn zuerst massiert und einem alten Baron Birkstein, der dort zum Besuch war, ebenfalls geholfen. Und dieser alte Herr – er steht allein in der Welt – hat Fred in den Stand gesetzt, die Klinik hier zu übernehmen. Glauben Sie, daß sie gehn wird, Frau Weinberg?

Wenn Sie gute Dienerschaft haben, antwortete ich halb mechanisch.

Die werde ich schon finden. Eine Frau Päpke bringe ich mit. Eine sehr nette, tüchtige Person, die ich durch Zufall in Friedrichroda entdeckte. Sie scheint sparsam und tüchtig. Wir fangen mit sechs Betten an, und dann will Fred eine tägliche Sprechstunde abhalten. Ein Landschullehrer, dem er half, hat ihm dazu geraten.

Frau Roland war noch nicht fertig. Sie saß in meiner Laube, riß die Blätter von den Rosensträuchen, verrieb sie zwischen den Fingern und berichtete weiter. Ich weiß nicht mehr, was sie sagte; sie war so sehr strebsam und wollte so sehr viel Geld verdienen.

Sie haben wohl keine Kinder? erkundigte ich mich in einer Gesprächspause.

O gewiß, drei Mädchen. Die Antwort klang kühl.

Da freut sich Ihre Schwiegermutter sicher über die Mädelchens.

Meine Schwiegermutter – Pfarrers Röschen stand auf und kniff die Lippen zusammen, als unterdrückte sie den Nachsatz. Ich muß jetzt gehn, Frau Professor. Nehmen Sie herzlichen Dank für Ihre gütigen Ratschläge. Vielleicht darf ich einmal wiederkommen!

Ich war gar nicht dazu gekommen, ihr Ratschläge zu geben; aber ich merkte, daß man ihr nicht widersprechen durfte.

Nun brachte ich sie durch den Garten, und sie ging steif und gemessen wie eine Dahlie am Stengel. Kleinstadtwürde, mit einer gewissen Furcht vermischt, die ich nicht verstand.

Nachher hatte ich meine Laube dann wieder für mich. Aber es lagen so viel abgerissene Blätter umher, die mich störten, und dann kam Harald, der in der Schule eine schlechte Zensur erhalten hatte. Da war mir die Stimmung verdorben.

Das Semester hat begonnen, der Student ist reichlich eingetroffen, singt nachts auf der Straße und schwänzt tags im Kolleg. Aber die Professoren breiten ihre ganze Wissenschaft vor ihm aus, und abends tanzt er mit den Professorentöchtern oder spielt Komödie oder macht sonst etwas Lustiges.

Meine Magnifika hat mich wieder besucht. Ich soll Theater spielen. Sie machte mir einige Komplimente über mein Aussehen, und Walter lächelt dazu sein gutes Lächeln. Er ist immer so stolz auf mich, daß ich mich für ihn fürchte, wenn ich mich blamieren sollte.

Die Magnifika setzt natürlich ihren Willen durch. Ich muß ihr versprechen, in irgendeinem Stücklein eine junge Frau zu spielen, die mehrere Liebhaber hat. Von hoher Moral ist das Lustspiel also nicht, aber es wird moralisch enden, und das ist die Hauptsache.

Gestern war schon die erste Leseprobe, und ich fand es ganz behaglich in dem kleinen, mit Teppichen belegten Salon der Frau Rektor, umgeben von fröhlichen Menschen, zu sitzen und zu plaudern. Ich bin wenig in diese Welt gekommen, nun macht sie mir Freude. Aber es ist hier wie überall. Zuerst redet man von hohen Dingen, dann kommen die kleinen an die Reihe.

Nach dem Durchlesen der Rollen sprach ein kleiner hübscher Privatdozent über Michelangelo, über den er eine Arbeit verfaßt hat; dann kam die Unterhaltung auf ein Liebespaar, das sich hier nicht ganz passend beträgt; und dann wurde gefragt: Wer ist eigentlich Doktor Roland, und was bedeutet seine neue Klinik?

Niemand antwortete, nur die Magnifika wußte Bescheid. Ihr Mann ist der erste Chirurg hier; ein vornehmer Herr, der viel auf die Jagd geht, seine Assistenten arbeiten läßt und sich nicht allzusehr überarbeitet.

Doktor Roland soll recht geschickt sein, und die kleine Privatklinik hat immer neben den öffentlichen Anstalten bestanden. Es gibt ja immer Leute, die die großen Krankenhäuser scheuen. Außerdem sind sie oft überfüllt.

Die Magnifika sprach gleichgiltig und etwas von oben herab. Jedermann sollte es merken, daß sie keine Konkurrenz fürchtete. Wie sollte sie auch?

Der Privatdozent, der sich mit Michelangelo beschäftigt, mischte sich jetzt in die Unterhaltung.

Doktor Roland hat am ersten Tage seines Hierseins eine so brillante Heilung ausgeführt. Irgendein armes Schulmeisterlein vom Lande, das anscheinend hoffnungslos dahinsiechte, ist durch ihn wieder gesund gemacht worden. Die Einzelheiten weiß ich nicht, aber da ich am Schwanenweg wohne, sehe ich täglich Hilfesuchende in das kleine häßliche, gelbe Haus gehn, in dem Doktor Roland wohnt.

Die Sache mit der Heilung wird wohl anders zusammenhängen, entgegnete die Frau Rektor gelassen. Aber ich würde mich freuen, wenn Doktor Roland zu tun bekäme. Mein Mann ist sehr überbürdet. Wollen wir jetzt nicht einen kleinen Imbiß einnehmen?

Der kleine Imbiß bestand aus seinen Butterbroten, Salat und so viel Champagner, daß ich fast wie ein Student gesungen hätte, als mich der kleine Privatdozent nachher heimgeleitete. Aber ich nahm mich zusammen, versuchte über Michelangelo zu sprechen und horchte andächtig auf seine weisen Gegenreden. Er ist sehr jung und deshalb über alle Maßen klug.

Walter saß natürlich noch am Schreibtisch und arbeitete an seinen populären Vorträgen. Für jeden erhält er in jeder Stadt dreihundert Mark. Fünf Städte wollen drei haben, also gibt es einen hübschen Batzen Geld. Dann können wir auch einmal Champagner geben und die Leute für uns Theater spielen lassen. Soweit sind wir noch nicht. Vorderhand muß ich meine Rolle spielen und mir natürlich viel Mühe geben. Rektors sind sehr freundlich gegen mich, auch die andern Herrschaften. Sie freuen sich, wie sie sagen, daß wir etwas aus unsrer Zurückgezogenheit herauskommen. Aber gestern und heute ist Harald wieder mit einer schlechten Zensur nach Hause gekommen. Er kann es nicht vertragen, wenn ich nicht mit ihm arbeite, und ich mußte meine Rolle lernen und mir einiges für mein Kostüm besorgen. Ich habe nur ein Dienstmädchen und ein ganzes Haus zu versorgen; wenn das Geld für die Vorträge einkommt, will ich mir lieber etwas Hilfe nehmen, als andre Menschen bei mir Champagner trinken lassen.

Die Gesellschaft beim Rektor ist gewesen und verlief zur Zufriedenheit. Walter sagte mir nachher, daß ich alles am besten gemacht hätte, das Theaterspiel und was sonst mit dem Fest zusammenhing. Er ist immer zufrieden mit mir, ich kenne es schon nicht anders, aber daß sogar der Herr Rektor geruhte, mir einige anerkennende Worte zu sagen, wurde als große Auszeichnung für mich betrachtet; früher war ich nur Luft für den Geheimen Medizinalrat, und ich verdiente es nicht anders. Mein Mann war nur Außerordentlicher, hatte keine Verbindungen und suchte sich keine. Nun, wo er in die Reihe der Ordentlichen eingetreten ist, ist er natürlich mehr Mensch geworden, und ich, als seine Frau, darf mich huldvoller Ansprache rühmen.

Der Geheimrat war in der Tat sehr liebenswürdig.

Man hat Sie immer so wenig gesehen, Gnädigste! Sind Sie wirklich ganz Hausfrau und Mutter?

Ob ich beides ganz bin, Herr Geheimrat, weiß ich nicht. Ich möchte es schon sein.

Er lächelte freundlich. Wie die Männer es an sich haben, wenn sie auf ihr Lieblingsthema kommen.

Der schönste Beruf einer Frau! begann er. – Da fiel sein Blick auf seinen ersten Assistenten, der mit einem fremden Herrn auf ihn zukam. Doktor Roland, stellte er vor und zog sich dann zurück, während sich mein alter Jugendgenosse vor dem Magnifikus verbeugte.

Ich muß um Entschuldigung bitten, zu spät gekommen zu sein. Aber eine eilige Sache –

Der Geheimrat unterbrach ihn lächelnd:

Ich weiß schon, mein Lieber. Als Anfänger muß man immer zu spät erscheinen, um sich den nötigen Nimbus zu geben. Also, meine liebe gnädige Frau –

Da stand der Assistent schon wieder neben dem Gastgeber.

Ihre Durchlauchten, Fürst und Fürstin Monreal betreten gerade den Saal.

Mein Geheimrat machte mir eine eilige Verbeugung und ging dann seinen hohen Gästen entgegen. Ich aber mußte mir Fred Roland betrachten, den ich noch nie in Frack und weißer Halsbinde gesehen hatte, und dem beides sehr gut stand. Er hatte das Gesicht seiner Jugendjahre behalten und sich nur einen dunkeln, spitzen Bart dazu angelegt. Aber er war doch auch älter und sein Ausdruck viel unruhiger geworden. Von einem Fuß trat er auf den andern und sah sich in der Gesellschaft um, nach den fremden Gesichtern, die ihm nichts sagten, und deren Besitzer sich dorthin wandten, wo Durchlauchten zu erwarten waren.

Guten Tag, Doktor Roland! sagte ich, ihm die Hand hinhaltend, und der also Angeredete richtete seine dunkeln Augen erstaunt auf mich. Und dann leuchteten sie auf.

Anneli Pankow! Wahrhaftig! Wie nett, Sie begrüßen zu können.

Heiter schüttelte er mir die Hand und sprach dann, als hätte er mich gestern zum letztenmal gesehen, während doch fünfzehn Jahre vergangen sind.

Ich wollte Sie schon immer besuchen, Frau Anneli! Vielen Dank, daß Sie meine Frau so freundlich aufnahmen, sie hat Ihnen wohl viel vorgeklagt? Ach ja, aller Anfang ist schwer, und Röschen muß die Augen hier über allem offenhalten. Aber ich glaube, daß alles gut gehn wird. Meine sechs Betten sind so sehr besetzt, daß ich mir noch drei dazu kaufen werde. Und jeden Tag drei oder vier Operationen!

Seine Augen strahlten mich zufrieden an. Wie in alten Zeiten, wenn er mir von seinen Zukunftsplänen oder davon erzählte, wie gut er für seine Mutter sorgen wollte; deshalb dachte ich jetzt an sie.

Kommt Ihre Mutter nicht einmal her? Ich würde mich über alle Maßen freuen, sie wiederzusehen!

Doktor Rolands Gesicht wurde dunkel. Dann schüttelte er den Kopf und schien etwas sagen zu wollen; aber der schreckliche erste Assistent erschien jetzt an meiner Seite.

Gnädige Frau, Ihre Durchlaucht, die Fürstin Monreal sucht schon lange nach Ihnen!

Ach, ich hatte wirklich vergessen, daß meine gute Freundin Bodild Rosen jetzt die Fürstin Monreal ist. Da kam sie auf mich zu, vor aller Welt schüttelten wir uns nicht allein die Hände, sondern sie küßte mich herzlich.

Anneli, ich freue mich unbändig, dich zu sehen. Lieber Manfred, dies ist Frau Professor Weinberg, die beste Freundin meiner Jugend!

Manfred verbeugte sich und sagte einige artige Worte. Er ist ein alter Mann mit einem Raubvogelgesicht und eingesunknen Schläfen. Seine Brust flimmerte von Orden, und er trug eine kleine Perücke.

Bodild war sehr heiter. Viel heitrer, als ich sie in Erinnerung hatte. Sie plauderte mit mir von alten guten Zeiten, ließ ihre Hand nicht aus meinem Arm und ging auf diese Weise mit mir durch die Gesellschaft. Jedermann erhielt von ihr ein freundliches Wort, vor allem auch mein Mann, der sich natürlich bescheiden im hintersten Hintergrunde hielt. Aber ich mußte ihn suchen, und Bodild lud uns beide ein, sie auf ihrem Schloß zu besuchen. Es liegt in der Nähe von Bärenburg, und ihr Mann hat es vor kurzem von irgendeinem Vetter geerbt. Es ist nichts Wertvolles; ein alter Kasten aus irgendeinem entlegnen Jahrhundert. Aber natürlich schrecklich historisch und für einen Professor sehr interessant. Walters Augen begannen zu leuchten, als er von der alten Burg Wieden horte, und der Fürst sah ihn wohlwollend an.

Natürlich müssen Sie kommen, lieber Professor! Ich habe alte Bilder und Waffen, die Ihnen vielleicht zu studieren Freude machen werden!

Es war ein hübsches Fest. Als ich mitten in der Nacht mit Walter nach Hause ging, waren wir beide recht befriedigt. Es war alles sehr schön gewesen; aber es tat mir doch leid, nichts mehr von Doktor Roland gesehen zu haben.

Die Magnifika erkundigte sich schon heute morgen in höchsteigner Person nach meinem Befinden.

Es ist Ihnen doch gut bekommen? Sie haben reizend gespielt! Und wie eigenartig, daß Sie eine Freundin der Fürstin Monreal sind.

Sie setzte sich mir gegenüber und sah mich so fragend an, daß ich natürlich antworten mußte.

Solche Sachen sind nicht so wunderbar, wie sie wohl zuerst scheinen. Die Gräfin Rosen und ich trafen uns in einem Pensionat am Genfer See. Sie hat dann mit mir zusammen meinen Onkel Wilhelm Pankow besucht, der in Luzern wohnt, und später ist sie auf dem Gut meiner Verwandten gewesen. Seit ihrer Heirat habe ich allerdings nichts von ihr gesehen. Der Fürst ist schon zweimal verheiratet gewesen, erzählte jetzt mein Besuch. Mein Mann kennt ihn recht gut von einer Orientreise her und ist dann öfters von ihm zur Jagd eingeladen worden. Da wir wußten, daß sie augenblicklich in der Nähe von Bärenburg leben, mußten wir sie einladen. Im übrigen bin ich nicht für so vornehmen Verkehr. Die Leute sehen doch auf uns herab!

Auf diese Bemerkung erwiderte ich nichts. Ich habe Bodild früher sehr lieb gehabt und werde sie weiter lieben. Einerlei, ob sie Fürstin ist oder Gräfin. Ich liebe den treuen, wahrhaftigen, edeln Menschen in ihr. Und aufdrängen werde ich mich ihr nicht.

Haben Sie länger mit Doktor Roland gesprochen? fragte mich die Magnifika weiter, und ich hatte auf der Zunge, mich zu erkundigen, ob sie so zu jedem ihrer Gäste ginge, um sie einer scharfen Prüfung zu unterwerfen. Doch meine artige Natur siegte.

Ich sprach nur kurz mit dem Doktor, er ist ein Kindheitsfreund von mir.

Und wie ist seine Frau?

Sie kenne ich fast gar nicht, kann also nichts sagen.

Frau Roland ist vielleicht nicht ganz präsentabel. Wir hatten sie natürlich beide eingeladen, aber er kam allein und entschuldigte sie kaum. Seine Klinik soll übrigens schon gefüllt sein. Und haben Sie gehört, daß Fürst Monreal gestern bei ihm vorgefahren ist?

Ich wußte es natürlich nicht, obgleich ich mich entsann, von Röschen Roland etwas vom Fürsten Monreal gehört zu haben. Aber ich sagte es nicht. Der Geheime Medizinalrat klagt zwar über Überbürdung, aber einen Fürsten läßt er sich als Patienten gewiß ungern entgehn. Die Magnifika rauschte davon. Sie war reizend mit mir, sagte etwas über meine Augen, und daß wir uns lieb haben wollten, und winkte mir noch, als sie schon auf der Straße war. Ich aber ging zu meinem Jungen und fand ihn in Tränen. Sein Extemporale war wieder schlecht, und der Lehrer drohte ihm mit Nachhilfestunden.

Morgen will ich diesen Lehrer einmal besuchen.

Herr Külpe wohnt am Schwanenweg in einer kleinen häßlichen Mansarde. Die Häuser sind hier alle häßlich und alt, die Treppen wacklig, die Luft schlecht. Aber ich finde mich nach oben, wo eine Visitenkarte mir die richtige Tür zeigt, und eine barsche Stimme auf mein leises Klopfen »Herein« schreit.

Durch Tabakwolken sehe ich ein Männchen im Schlafrock, das bei meinem Anblick entsetzt vom Sofa in die Höhe springt.

Was wünschen Sie? Ich heiße Frau Weinberg und möchte Sie wegen meines Sohnes Harald sprechen. Ist er wirklich so unbegabt?

Schlotternd steht das Männchen vor mir, und ich sehe zu meinem Entsetzen, daß er unter dem Schlafrock sehr, sehr leicht bekleidet ist. Nun wende ich mich zur Flucht. Wie ich glücklich wieder vor der Tür bin, rufe ich durchs Schlüsselloch: Können Sie mich nicht einmal besuchen?

Unten angelangt, sehe ich nach der Uhr. Es ist zwölf Uhr mittags. Braucht man dann halb angezogen auf dem Sofa zu liegen und Herein zu rufen? Weil ich aber doch einmal im Schwanenweg war, bin ich ihn ganz entlang gegangen. Es ist eine etwas holprige Gasse, die sich am Berg entlang zieht. Ob hier jemals Schwäne gehaust haben, erscheint mir mehr als zweifelhaft. Es gingen aber ganz viele Menschen auf der Straße, und dann sah ich ein Haus vor mir, das ein Schild »Privatklinik« trug und darunter den Namen F. Roland, *Dr. med.*

Unwillkürlich blieb ich stehn und sah in die verhängten Fenster. Wird er hier sein Glück finden? Da faßte mich eine kleine Hand am Kleid.

Willst du jetzt zu Papa? Er hat eine Operation und ist nicht zu sprechen.

Ein kleines, häßliches, schlechtgekleidetes Mädchen stand vor mir. Sie hatte strubblige Haare, und Wasser und Seife schienen bei ihr zu fehlen. Wer bist du? erkundigte ich mich, obgleich ich mir die Antwort denken konnte.

Ich bin Minchen Roland, und ich warte auf Linchen und Stinchen. Wir haben zwei Groschen geschenkt bekommen und wollen uns was dafür kaufen!

Wer schenkt dir denn zwei Groschen? wollte ich fragen. Da aber kamen zwei kleinere, ebenso häßliche und ebenso verwahrlost gekleidete Mädels über die Straße gelaufen.

Nun wollen wir gehn! kommandierte Minchen. Linchen, du hältst meine linke, und Stinchen kann meine rechte Hand halten!

Eilig wollte die kleine Gesellschaft davonziehen; aber ich ging mit ihnen.

Wohin wollt ihr denn?

Zum Krämer an der Ecke, der gibt am meisten.

Und dann, wohin gehst du dann?

Wir wissen noch nicht; zu Hause wird operiert. Mama hat uns doch die zwei Groschen gegeben, damit wir aus der Luft sind. Sie kann nicht auf uns achten, und Frau Päpke muß alles kochen. Für uns ist niemand da.

Das war wieder Minchen, die die Unterhaltung machte. Sie hat verständige Augen und eine etwas altkluge Sprache.

Ich sah mir die drei kleinen Dinger an; und dann gedachte ich der Zeiten, wo auch ich allein fremde Straßen wanderte. Da war es eine Frau Roland, die mich gütig aufnahm, die Großmutter dieser Kinder. Also brachte ich mir diese drei Mädelchens mit nach Hause.

Die Weihnachtszeit kommt sehr nahe, und die kleinen Rolands beginnen ihre Weihnachtslieder zu singen. Es ist natürlich Minchen, die den Befehl des Singens ausgegeben hat, und sie gehorchen ihr alle. Auch mein großer Junge, der sich schon lange darein gefunden hat, daß drei kleine Mädchen jeden Tag mit seinen Spielsachen hantieren und ihm auch schon manches verdorben haben, obgleich Minchen sehr sorgsam ist, und wenn eine Operation notwendig sein sollte, sie ohne Zagen und sachgemäß ausführt. Sie ist ein echtes Doktorkind. Alles möchte sie heilen und sticken, und sie macht ihre Sachen wirklich nicht schlecht. Die drei Rolands verkehren schon mehrere Wochen in unserm Hause, wie unsre eignen Kinder, sie kommen zu allen Mahlzeiten, wenn es ihnen einfällt, sie bringen mir ihre zerrißnen Kleider und verlangen meinen Rat in den delikatesten Fragen; und noch niemals ist es ihrer Mutter eingefallen, mir ein Wort darüber zu sagen. Ich habe ihr einen Gegenbesuch gemacht, bin aber nicht angenommen worden, und auch Fred ist noch mit keinem Schritt in unserm Hause gewesen. Ihn entschuldige ich; er hat sehr viel zu tun, von allen Seiten laufen ihm die Kranken zu; er soll eine unfehlbar sichre Diagnose haben und mit geringen Mitteln viel ausrichten. Dazu hat er mit mancherlei Anfechtungen zu kämpfen. Zuerst haben ihn die hiesigen Mediziner ganz freundlich aufgenommen; aber wie sie nun merken, daß nicht allein die einfachen Leute vom Lande zu ihm kommen, sondern auch vornehme Herrschaften (der Fürst von Monreal ist nur seinetwegen auf sein kleines Raubschloß in unsre Nähe gezogen), seit der Zeit werden unsre vornehmen Professoren sehr kühl gegen Roland. Sie nennen ihn den Doktor Eisenbart und lachen bald laut, bald leise über ihn.

Walter hats mir erzählt. Auf den Wandelgängen des Universitätsgebäudes wird gelegentlich auch über andre Dinge geredet als über die hehre Wissenschaft, und Walter könnte mir sicherlich noch viel mehr berichten, wenn er nur besser aufmerken wollte; aber er denkt nur noch an seine Vorträge. Einen hat er schon in den fünf süddeutschen Städten gehalten und sehr viel Anerkennung gefunden. Er kam begeistert zurück, aber auch recht müde. Er lacht zwar, wenn ich es sage, aber ich kenne ihn doch besser als er sich selbst. Deshalb habe ich auch eine weitere Aufführung bei Rektors, wo ich wieder spielen sollte, dankend abgelehnt. Ich weiß, daß Walter mir diese kleinen Freuden von Herzen gönnt; mir gefällt aber im ganzen doch besser, wenn ich bei mir zu Hause bleiben kann bei meinem Jungen und bei meinem Manne, der für mich nur liebevolle Worte hat. Harald hat sich etwas im Arbeiten gebessert. Herr Külpe ist wahrhaftig bald nach meinem Besuche bei mir erschienen: ein noch sehr junger Mensch mit sehr verlegnen Manieren. Harald denkt an zu viel andres, sagt er, an Vögel und Hunde und an andre Spielereien statt an Latein.

Ist es unrecht, an Vögel und Hunde zu denken? fragte ich. Ich habe immer viel lieber an derartige Dinge gedacht als ans Lernen!

Herr Külpe lächelte und wurde rot.

Vielleicht haben Sie dann auch schlecht gelernt, gnädige Frau! stotterte er.

Ich mußte seufzen. Ja, mein Lernen war niemals berühmt. Als ich klein war, quälte mich der Gedanke, Gouvernante werden zu sollen. Es war Bernd Falkenberg, der mir als freundlicher Vetter diese Laufbahn in Aussicht stellte. Es ist nie soweit gekommen, und ich muß alle Kinder glücklich preisen, die nicht von mir unterrichtet sind. Dennoch mag ich Herrn Külpes Antwort nicht besonders gern hören. Aber er sieht mich dabei so treuherzig und so grenzenlos verlegen an, daß ich ihm nicht böse sein kann.

Gelegentlich ist Harald nicht mehr so sehr zerstreut. Er arbeitet vernünftig, und seine Zensuren werden besser. Kommt es daher, weil Minchen Roland neben ihm beim Lernen sitzt und sich seine Aufgaben vorsprechen läßt? Sie kann noch nicht ordentlich lesen, aber sie behält alles, was man ihr vorspricht, und es macht Harald Spaß, sie das, was er ihr sagt, wie ein Papagei abschnurren zu hören.

Es sind wunderliche Kinder, diese kleinen Rolands. Meist kommen sie gegen vier Uhr nachmittags zu uns. Zur Kaffeestunde, wenn Harald seinen Becher Milch trinkt, mit einem Schuß Braunes darin; dann werden noch weitere drei Becher mit demselben Inhalt, ausgeteilt, einige Brote mit Honig bestrichen, und dann wird unser kleines Eßzimmer sehr behaglich. Der grüne Kachelofen strahlt eine milde Wärme aus, die Lampe brennt, und die Kinder erzählen sich Geschichten. Minchen weiß natürlich die besten. Sie ist den ganzen Tag in der Klinik, hat die Augen, weit offen und sieht mehr als andre Sterbliche.

Gestern ist einer bei uns totgeblieben, berichtet sie mit ihrer sehr schrillen Stimme. Er kam viel zu spät; dann kann auch mein Papa nicht mehr helfen.

War es ein Mann oder eine Frau? erkundigte sich Harald.

Eine Frau. Nachher kamen zwei Jungen und weinten ganz schrecklich. Sie sagten, ihre Mutter sollte wieder lebendig werden. Aber das geht nicht. Was tot ist, das ist tot.

Mich überlief ein kleiner Schauder bei diesen kalten Worten; aber Harald nickte verständnisvoll.

Was tot ist, das ist tot.

Beide Kinder sprachen dann von andern Dingen, und Linchen und Stinchen, die Trabanten ihrer ältern Schwester, tranken behaglich ihre Milch dazu. Sie dürfen eigentlich niemals etwas sagen, und sie verlangen es auch nicht. Sie sind zufrieden, daß sie zuhören, daß sie Milch und Honigbrot haben dürfen. Wer doch auch so sein könnte. Es ist mir so, als wäre ich niemals mit Milch und Honigbrot zufrieden gewesen.

Nun also steht Weihnachten vor der Tür, und die Kinder singen ihre Lieder. Harald hat hundert Wünsche, und auch Minchen weiß genau, was sie haben möchte. Aber ich werde es niemals kriegen, sagte sie in einem Ton der Ergebung, der für ein so junges Kind etwas Rührendes hat. Auf meine Frage: Was ist es denn? lautete die Antwort: Ein kleines Operationsbesteck.

Ich bin sehr erstaunt, Harald lacht, und Minchen verteidigt sich.

So ein kleines Ding ist gar nicht so furchtbar teuer, und dann könnte ich doch Papa helfen. Er sagt so oft: Wieder kein Mensch, der mir helfen kann! Ach über die vielen Frauenzimmer! Hätte ich doch einen einzigen Jungen! Frau Päpke sagt, daß ich niemals mehr ein Junge werden kann, aber ich möchte ihm doch helfen.

Und die Kleine sieht mit ihren etwas hervortretenden Augen sehnsüchtig in das Lampenlicht. Zum Glück hat sie nicht lange diese Anwandlung: bald läßt sie sich von Harald aufziehn, oder bittet mich um ein Märchen, aber um ein wahres, und unser Beisammensein verläuft harmonisch wie immer. Aber Harald ist doch zu groß, um nicht seine eignen Gedanken zu haben, und er spricht sie mir in der stillen Stunde aus, wo ich vor seinem Bette sitze und auf sein Abendgebet warte.

Minchen und die andern Gören sind ja ganz nett, Mutterlieb, aber findest du es nicht komisch, wie ihre Mutter mit ihnen ist? Sie bringt sie nie zu Bett oder betet mit ihnen, und sie läßt sie immer laufen, wenn sie wollen. Sie ist schon immer etwas merkwürdig gewesen, aber hier ist es viel schlimmer geworden.

Frau Roland wird hier wohl recht viel zu tun haben, erwidere ich, und mein Junge nickt. Na natürlich, der Doktor hat ja sehr viel zu tun, und seine Frau muß alles anschreiben; aber etwas Zeit dürfte sie doch auch für ihre Kinder haben. Sie können doch nichts dafür, daß sie alle drei Mädchen sind. Du solltest nur einmal mit Frau Doktor sprechen. Du verstehst so etwas sehr gut.

Diese Anerkennung meines Sohnes quittiere ich mit einem Kuß, aber erkläre, daß ich mich auf nichts einlassen kann.

Walter tun die kleinen Mädchen auch leid. Er sagt ihnen immer ein freundliches Wort, wenn er ihnen begegnet; im übrigen ist er ganz wie ich gesonnen: wir wollen die Kleinen wohl bei uns aufnehmen und gut zu ihnen sein, aber um ihre innern Angelegenheiten dürfen wir uns nicht bekümmern. Doktor Roland macht sonst gerade um diese Zeit viel von sich reden. Auf der Universitätsklinik haben sie kürzlich einen armen Kranken als gänzlich unheil- und unoperierbar weggeschickt. Seine Frau brachte ihn zu Doktor Roland, und dieser hat ihn in kurzer Zeit ohne Operation geheilt. Die Sache hat viel Aufsehn erregt. Die Zeitungen haben sich ihrer bemächtigt, und man sagt, daß hier auf dem Bahnhof täglich Kranke ankommen, die nach Doktor Roland fragen. Jedenfalls hat er ein Nebenhaus gemietet, das hart an das seine stößt, und soll dort auch schon Kranke aufnehmen. Kürzlich besuchte mich der kleine Privatdozent, mit dem ich Theater spielen mußte, und dieser berichtete mir, daß der Geheime Medizinalrat, unser Rektor, recht böse wäre. Zwei Amerikaner sollen auch bereits zur Kur bei dem neuen Eisenbart eingetroffen sein.

Der Geheimrat ist doch so überlastet, meinte ich, da wird ihm eine kleine Ablenkung von seiner Klinik sehr angenehm sein.

Aber mein Besucher schüttelte den Kopf.

Doktor Roland wird nicht wieder eingeladen, sagte er mit einer so gewichtigen Miene, daß ich Mühe hatte, ernst zu bleiben.

Mir ist sonst nicht so sehr nach Lachen zumute. Erstens macht
Walter mir Sorge, der trübe aus den Augen sieht und gelegentlich
reizbar wird, und dann wills mit Harald nicht vorwärts mit dem
Latein. Alles andre ginge schon, aber beim Latein kann Minchen
ihm nicht helfen. Es wird also Weihnacht ein mangelhaftes Zeugnis
geben, und wenn dies mir auch nicht so wichtig ist, so wird es dem
armen Walter die Freude verderben.

Nun, ich muß die Sorgen zu vergessen suchen und daran denken,
was ich meiner Frau Bäckermeisterin schenken will. Harald und ich
haben uns den Kopf zerbrochen, bis ich in einer Kunsthandlung
einen schönen Buntdruck von der Sixtinischen Madonna gefunden
habe. Der ist denn jetzt nach Birneburg zu der gütigen Frau gewandert, an die ich mit soviel Liebe denke, und ich hoffe, sie wird sich
freuen.

Ich wenigstens würde es tun, sagte Harald. Besonders da das Ge-
schenk von dir kommt, du bist doch eine so reizende Frau.

Wir gingen zusammen auf der Straße, und ich blieb stehn, um
meinen Jungen betroffen anzublicken.

Woher hast du solchen Unsinn?

Es ist kein Unsinn, erwiderte Harald trotzig. Die Jungen in der
Klasse sagen alle, daß du reizend bist, und der Lohndiener, der
damals bei Rektors aufwartete, als du dort Theater spieltest, hat es
auch gemeint.

Ich lache ein wenig, aber nicht sehr viel, und ich halte meinem
Sohne eine Vorlesung darüber, daß es nicht notwendig ist, von seiner Mutter in der Schule und mit Lohndienern zu sprechen. Aber
der Sohn des Lohndieners besucht mit Harald dieselbe Klasse, und
daher erfahre ich dies günstige Urteil.

Der Junge spricht auch bald von der Bäckermeisterin. Wie sie das
Bild aufnehmen und wohin sie es hängen will. Und wann wir selbst
wieder nach Birneburg fahren werden.

Dort hats mir gefallen! sagt er mit einem Seufzer. Weißt du, Mutterlieb, Wenns mir ganz schlecht ergeht, dann will ich mich in Birneburg zur Ruhe setzen.

Ich muß über sein ernstes Gesicht lächeln, und dann sprechen wir von Weihnachten.

Nun ist das Fest schon wieder vorübergerauscht, und ich freue mich darüber, wie ich mich jedesmal so sehr freue, wenn es kommen soll. Aber die Vorfreuden im Leben sind immer die besten, und wenn man mitten in der Freude stehn sollte, dann kommt allemal ein bittrer Nachgeschmack. Diesesmal ist er eigentlich ausgeblieben, obgleich es mir hart war, daß der Junge kein gutes Zeugnis hatte, und daß mein armer Walter so traurige Augen machte. Aber mein Mann wollte mir nicht die Festfreude verderben, und ich tat, als wäre sie mir nicht verdorben. Und gerade als unser Baum mit seinen vielen Lichtern brannte, da öffnete sich die Tür, und die drei Rolands traten ein. Ohne Feiertagsgewand, und ohne alle Umstände. Bei ihnen sollte erst morgen gefeiert werden, da konnten sie also heute zu uns kommen. Sie wanderten um den Lichterbaum, betrachteten ihn mit kritischen Blicken und falteten ihre Hände, als Harald sein Weihnachtslied deklamierte. Und dann sagte Minchen etwas ganz ähnliches her; wer es sie gelehrt hatte, wußte sie nicht mehr, aber sie konnte es. Und dann kam die Reihe an mich, und ich mußte, auf allgemeines Verlangen, etwas aus meinem Leben erzählen. Kein Märchen, sondern etwas Wahres, wie mir geboten wurde, und mein Sohn Harald schlug vor, daß ich berichten solle, wie ich ins Wasser gefallen, aber wieder herausgezogen worden wäre.

Da erzählte ich also, und die kleine Schar setzte sich schweigend um mich herum.

Ja, liebe Kinder, ich bin auch einmal ein Kind gewesen, obgleich ihr euch dies gewiß nicht denken könnt; aber es ist doch wahr. Und als ich ein Kind war, da wünschte ich mir zum Weihnachtsfest glühend ein Paar Schlittschuhe, denn unsre kleine Stadt lag hart an einem großen See, und wenn der Winter kam, dann war der ganze See eine glitzernde Eisfläche, und alle Knaben und Mädchen glitten darauf umher, daß es eine Lust war, anzusehen. Doch als das Weihnachtsfest kam, erhielt ich keine Schlittschuhe. Das betrübte mich tief, denn ich hatte mir das Eislaufen von einem Jungen zeigen lassen und konnte es schon ganz gut. Meine Kunst half mir aber nichts, denn die Schlittschuhe blieben aus. Ich war sehr niedergeschlagen, wie ihr denken könnt, und ich hatte auch keinen Menschen, den ich fragen konnte, was ich nun anfangen sollte. Da verfiel ich auf den unglücklichen Gedanken, mir ein Paar Schlittschuhe auf Borg zu nehmen. So etwas darf ein gutes Kind nun niemals tun, und ich wurde auch sehr bestraft für meine Sünde. Denn eines Tages, als es schon zu tauen begann, ich aber auf meinen unrecht erworbnen Schuhen weithin über die Eisfläche glitt, da geriet ich in das Gebiet der grauen Schwäne. Diese wohnten ganz hinten am See, dort wo es nur Schilf und auch wohl warme Quellen gab, die das Wasser am Gefrieren hinderten. Hier auf dem morschen Eis brach ich ein und wäre ganz sicher ertrunken, wenn –

Wenn unser Papa dich nicht rausgezogen hätte! setzte Minchens schrille kleine Stimme hinzu. Ja, die Geschichte kenne ich, denn Mama hat sie uns auch erzählt, und sie sagt, daß du gern tüchtig auf uns acht geben kannst, weil du doch nicht mehr leben würdest, wenn mein Papa nicht gewesen wäre. Aber es ist sehr schön, daß du noch lebst, Tante Anneli! Und die Kleine streichelte meine Hände und sah mich so treuherzig an, daß sich mein Staunen in Lachen auflöste. Die Moral von meiner Geschichte ist ja nicht so ausgefallen, wie ich mir das gedacht habe. Ich wollte den Kindern einprägen, daß man keine Schulden bei Kaufleuten machen soll; aber Minchen zeigte mir, daß ich noch ganz andre Schulden gemacht habe. Zugleich mußte ich lernen, daß es Frau Doktor Roland nur natürlich findet, wenn ich ihr die Sorge für ihre Kinder abnehme. Eigentlich möchte ich einmal mit Fred Roland über diese Angelegenheit sprechen; aber er ist noch immer nicht bei mir gewesen.

Das war die Episode des Weihnachtsabends, dem einige ruhige Tage folgten, und gleich nach Neujahr hielt ein kleiner flinker Schlitten vor unserm Hause und brachte mich aufs Land. Bodild führte selbst die Zügel, und hinter uns saß ein alter Kutscher mit langem Bart und einem Gesicht, als wäre er taub.

Endlich sehen wir uns doch einmal allein! sagte Bodild, als wir durch die Stadt gefahren waren, und es langsam bergauf ging. Ich habe dich schon lange besuchen wollen, aber mein Mann verlangt meine unausgesetzte Gesellschaft und Pflege. Da gibt es für mich nicht viel freie Stunden.

Sie schwieg, und ich sah mich in der Landschaft um. Es war hier draußen mehr Schnee gefallen als in der Stadt, alles war weiß und rein und geheimnisvoll. Am Wege standen einige Tannen, die sich unter dem Schnee beugten, und wie wir jetzt in einen kleinen Wald bogen, lag auch hier der weiße Friede.

Bodild begann von neuem zu sprechen.

Du erwiderst mir nichts, Anneli, und ich weiß wohl warum. Du wunderst dich, daß ich mein junges Leben an einen alten Mann gehängt habe, und manchmal wundre ich mich selbst darüber. Aber Manfred ist sehr gut zu mir, und er weiß, daß ich ihn nicht über alle Maßen lieben kann. Das verlangt er auch nicht; er hat ein langes, ereignisreiches Leben hinter sich, er will seine Ruhe und Pflege haben.

Du bist ja auch Fürstin geworden, sagte ich unwillkürlich und erschrak dann über diese taktlose Bemerkung. Bodild nahm sie ruhig auf.

Ja, ich habe mir einen vornehmen Namen erheiratet, und ich kann nicht leugnen, daß ich Wert darauf lege. Ich bin nun einmal aus vornehmem Hause, und es reizte mich nicht, ewig bei Hofe knicksen zu müssen und in dem nichtigen Kleinkram aufzugehn, der mich in dem kleinen Witwenhause unsrer Familie erwartete. Mein Vater ist ja lange tot, mein Bruder hat reich, aber nicht nach unserm Geschmack geheiratet, und meine Mutter lebt viel bei meiner altern, verheirateten Schwester. Mir stand ein sehr einsames Leben bevor, und als Manfred Monreal um meine Hand anhielt, habe ich sie ihm gegeben. Ich habe es nicht bereut. Wie gesagt, ich habe meinen Mann zu pflegen und ihm Gesellschaft zu leisten, ich muß mich für seine Angelegenheiten interessieren und sie mit ihm besprechen, ich habe Pflichten und Tätigkeit; mehr kann man nicht vom Leben verlangen.

Die Fürstin sprach sehr ruhig, und ich betrachtete sie von der Seite. Sie war viel hübscher geworden, als ich mich ihrer erinnerte, und ihre einst so lustigen Augen blickten kühl und ruhig. Sie sah sich plötzlich nach mir um.

Weshalb seufzest du so schwer?

Seufzte ich? Ich wußte es nicht, und meine Freundin betrachtete mich mit dem gutmütigen. Lächeln, das ich so genau an ihr kannte.

Ich fürchte, Anneli, daß du soeben über mich geseufzt hast, aber du hast es wirklich nicht nötig. Ich bin mit meinem Lose zufrieden, gerade so wie du. Allerdings, hätte ich einen Jungen wie du, würde ich wohl glücklicher sein. Man darf aber nicht unbescheiden sein. Überhaupt – sie knotete an ihrem Zügel – keiner von uns erhält das Glück, von dem er in seiner Jugend geträumt hat. Du hattest doch auch nicht so brennende Lust, den Professor Weinberg zu heiraten. Mir ist immer gewesen, als hättest du in dieser Beziehung einen andern Traum gehabt, der dann ebenfalls nicht in Erfüllung gegangen ist. Du warst ja nie so impulsiv wie ich, die ich mit meiner großen Liebe vor die ganze Welt hintrat und sie an die große Glocke hängte. Weißt du noch, wie ich deinen Onkel mit meiner Liebe elendete? Es war gut, daß er mich von sich stieß, diese Sache wäre niemals gut gegangen. Aber ich gehöre nun einmal zu den Asra, die nicht gerade sterben, wenn sie lieben, aber die dann die Liebe als schlechtes Geschäft fallen lassen.

Bodild sprach jetzt von andern Dingen, und ich freute mich an ihrer ruhigen Nüchternheit, die für mich wohl von jeher so viel Anziehendes hatte, weil sie mir fremd ist. Und endlich kamen wir auf das kleine Schloß, das Monreals in diesem Winter bewohnen. Es ist eine recht öde Spelunke, und ich freute mich, daß ich dort nicht zu schlafen brauchte. Mich würden die Geister der alten, bärbeißigen Ritter sicher nicht in Ruhe gelassen haben. Aber die Wohnräume waren behaglich eingerichtet, und der Fürst legte Wert darauf, mir allerhand Waffen und Bilder zu zeigen, die Walter sicherlich Freude machen würden, wenn er sie einmal besehen darf. Der Fürst war übrigens sehr nett. Er ist ja alt und hat zittrige Hände, aber er versteht es sehr gut zu unterhalten, und als er mich an die Tafel führte – ich war allein zum frühen Mittagessen eingeladen –, da verging die Zeit sehr schnell. Unter anderm erzählte mir Fürst Monreal, weshalb er seinen Winteraufenthalt hier genommen hätte.

Einzig und allein des Doktor Rolands wegen. Er ist der einzige Arzt, der mir bis dahin geholfen und der meinen Zustand richtig erkannt hat. Einmal in der Woche fahre ich immer zu ihm, und einmal kommt er heraus. Sonst wären wir natürlich in Thüringen geblieben, wo ich ein viel angenehmeres Besitztum habe als diese kleine Burg. Aber die Gesundheit geht vor.

Der Fürst berichtete dann weiter, wie er Doktor Roland durch einen Zufall kennen gelernt habe, und wie er ihm gleich einen so guten Eindruck machte. Er hat andre Methoden als die meisten Ärzte, fuhr er fort, und das ist das Angenehme bei ihm. Mein alter Freund Baron Birkstein war dann so angetan von ihm, daß er ihm die Mittel vorstreckte, aus den engen, kleinen Verhältnissen herauszukommen und etwas Selbständiges anzufangen. In Bärenburg scheint es ihm mächtig zu glücken. Neulich hatten wir den Geheimen Medizinalrat mit seiner Frau bei uns zu Tisch, da schalten sie sehr auf Roland. Das ist ein gutes Zeichen.

Erinnerst du dich noch des Baron Birkstein? fragte Bodild. Damals als wir in der Pension waren, verlor er doch gerade seinen einzigen Sohn. Jetzt ist auch seine Schwiegertochter gestorben, und sie hat ihm den größten Teil ihres Vermögens vermacht, sodaß der alte Herr plötzlich vermögend geworden ist. Aber er hat niemand, dem er sein Geld vermachen kann; nur einige entfernte Verwandte, mit denen er sich niemals stand.

Ich denke mir, daß er Roland etwas vermachen wird, schob ihr Gemahl ein. Er hatte einen großen Narren an ihm gefressen, und ich gönne dem Doktor ein wenig Behagen. Seine Ehe scheint wenig erquicklich zu sein. Die Frau ist kränklich, unordentlich und dazu entsetzlich eifersüchtig. Bei schönen Patientinnen wird sie ihm sicher die Kur nicht erleichtern.

Bodild sah ihren Mann erstaunt an. Wie weißt du alle diese Einzelheiten? Er lachte. Liebes Kind, ich fahre nicht ohne Nutzen einmal wöchentlich in die Stadt und unterhalte mich mit dem Wärter, der mich massieren muß.

Nachmittags ließen mich Monreals wieder in die Stadt fahren, und ich kam gerade rechtzeitig, um meinen Jungen zu Bett zu bringen, und um ihm zu berichten, daß er auch mit seinem Vater auf die kleine Burg eingeladen ist, und daß es dort dicke Türme und Mauern, einen Burggraben und noch viele andre Herrlichkeiten gibt, von denen man sonst nur in Geschichtsbüchern liest. Harald hörte sehr aufmerksam zu. Aber er war doch ein wenig müde. Er hatte heute den Geburtstag eines Freundes gefeiert, und die genossenen Herrlichkeiten schienen ihm nicht besonders gut bekommen zu sein. Aber einiges wollte er mir doch erzählen.

Herr Külpe wohnt jetzt bei Drehers. Da braucht er nicht soviel Miete zu zahlen wie am Schwanenweg, und Frau Dreher will auch für ihn waschen. Er soll nur ein wenig dafür nach Anton sehen.

Wer sind Drehers eigentlich? fragte ich zerstreut, und mein Sohn war erstaunt.

Mutter, Anton Dreher ist doch der Sohn vom Lohndiener, der dich auf der Gesellschaft so hübsch gefunden hat. Er soll studieren, wenn es nicht zu teuer wird. Herrn Külpes Mutter ist auch nur Wäscherin und nun schon lange krank. Deshalb hat Herr Külpe auch nur einen Anzug, den er auszieht, wenn er zu Hause ist, wo er dann im Schlafrock sitzt, und deshalb muß er so billig wohnen.

Harald schlief schon halb und erwartete von mir keine Antwort. Ich hätte ihm auch keine geben können. Aber als ich kürzlich Herrn Külpe auf der Straße begegnete, redete ich ihn an und fragte ihn, ob er nicht Sonntags einmal bei uns essen wolle. Er wurde sehr rot, nahm aber die Einladung an, und am letzten Sonntag hat er unsern Sonntagsbraten mit uns gegessen, und er schien ihm gut zu schmecken. Er ist ein netter kleiner Mensch, und auch Walter unterhielt sich gern mit ihm, obgleich er wieder an seinen Vorträgen zu tun hat und nächstens auf Reisen muß, um sie zu halten.

Der Winter geht still dahin. In Bärenburg ist eine Masernepidemie ausgebrochen, und die meisten Familien mit Kindern müssen sich vom Verkehr zurückziehen. Harald hat schon die Masern gehabt, wir sind also nicht betroffen; aber in seiner Klasse sind zwei Knaben an dieser Krankheit gestorben, und er hat mit auf den Friedhof gemußt und sie zu Grabe singen. Das macht ihm ein halb schauerliches Vergnügen, und er berichtet eingehend davon an seine drei Rolands.

Die drei kleinen Mädchen kommen noch immer mit großer Regelmäßigkeit, und da ich jetzt weiß, daß ich in Frau Rolands Augen nur meine Pflicht tue, wenn ich sie aufnehme, so löcke ich auch nicht gegen den Stachel. Es wäre auch dumm, wenn ichs täte, denn es sind drei gute Spielgefährten für Harald, der sich nur zu gern mit ihnen unterhält. Minchen müßte ja nun in die Schule gehn, und ich frage sie jeden Tag, ob sie noch immer nicht lernen soll, aber ich erhalte immer die Antwort:

Papa sagt, es ist noch nicht nötig. Ich werde schon klug genug.

Es ist wahr, Minchen lernt alles, was sie wissen soll, von Harald und von seinen Arbeiten. Eigentlich geht mich die Sache auch nichts an; aber ich sehe schon den Augenblick kommen, wo Frau Roland mir vorwirft, die Pflicht der Dankbarkeit verletzt zu haben, weil ich mich nicht um Minchens Schulpflicht bekümmerte.

Von Bodild habe ich nichts mehr gehört. Ihrem Mann gehts wieder nicht gut, und die geplante Fahrt meines Mannes nach Schloß Weiden muß unterbleiben. Es tut mir fast leid. Ich gönnte meinem Walter eine kleine Zerstreuung. Er arbeitet zu stark und kann es doch nicht vertragen. Neulich ist er ganz schachmatt von seinen Vorträgen heimgekehrt, und daß er mir fünfzehnhundert Mark mitbrachte, kann mich nicht für sein schlechtes Aussehen entschädigen. Aber er war selbst so froh, daß ich nichts zu sagen wagte. Vom letzten Jahre haben wir noch allerhand Rückstände zu bezahlen. Zehn Jahre außerordentlicher Professor zu sein, ist gerade keine Finanzspekulation. Dies abscheuliche Geld! Nun schreibe ich auch noch davon in meinem Tagebuch, und hier wollte ich eigentlich nicht immer von der Prosa des Lebens berichten.

Heute hat Harald zum erstenmal im Extemporale eine gute Zensur mitgebracht. Walters Freude war ganz rührend, und ich ärgerte mich über Harald, der ganz mürrisch bei der Sache war. Aber Kinder sind ja unberechenbar.

Wir sind jetzt in der Mitte vom Februar, und ich habe einen halb erstarrten Starmatz im Garten gefunden, den ich in ein Bauer gesetzt und zurechtgepflegt habe. Er hat sich eingebildet, den Frühling hier zu treffen, und nun muß er seinen Wagemut mit Gefangenschaft büßen. Aber wenn er wieder gesund ist, dann werde ich ihm die Freiheit wiedergeben.

Die drei Rolands haben viel Freude an dem Vogel, und Minchen hat mir gestern schon gute Ratschläge gegeben. Sie wollte ihm Umschläge verschreiben und etwas Medizin zum Schwitzen. Sie ist der geborne Arzt, und ich möchte wohl wissen, was aus ihr werden wird. Jetzt hat sie sich auch plötzlich entschlossen, in die Schule zu gehn, und sich bei einer Dame, die einen kleinen Kursus führt, selbständig angemeldet. Mit der Schule ist es nun doch besser, Tante Anneli, sagte sie. Viel lernen werde ich wohl nicht, aber ich mag nicht immer von den Leuten in der Klinik gefragt werden, ob ich so wild aufwachsen will. Linchen und Stinchen können ja auch gut bei dir sein, Tante Anneli, denn sonst würde ich nicht solange von ihnen weggehn. Sie sollen nicht immer so allein in der Klinik sein.

Mir ist Minchen immer so lächerlich, daß ich sie reden und gewähren lasse. Aber Walter, dem ich diese Unterhaltung mitteilte, bestand jetzt darauf, daß ich zu Frau Roland ging, um mit ihr über ihre Kinder zu sprechen.

Es mag ganz gut sein, sagte er, daß du dich der Kinder annimmst, obgleich du nach meiner Ansicht nicht dazu verpflichtet bist, weil dich ihr Vater einmal vor Olims Zeiten aus dem Wasser gezogen hat. Geh, bitte, zu Frau Roland und sage ihr, daß du nicht immer auf Linchen und Stinchen acht geben kannst, wenn sich Minchen entschließt, in die Schule zu gehn.

So also bin ich wieder einmal den Schwanenweg gewandert. Es war an dem Tage, da mein Starmatz seinen Käfig verlassen hatte und mit den Flügeln gegen die Fensterscheibe getaumelt war, sodaß ich die Scheibe schnell öffnete und den fremden Gast entweichen ließ. Er warf sein Köpfchen in die Höhe und stieß einen kleinen Triumphschrei aus, der mir gut gefiel. Denn es klang darin der Sieg des Frühlings über den Winter. Für den Schwanenweg schien auch der Lenz gekommen; in den Lüften klang es wie Vogelsang, und in den kleinen alten und schiefen Häusern standen die Türen weit offen, sodaß die warme Luft einziehn konnte. In der Privatklinik roch es aber nach Jodoform und Krankheit; und als ich nach der Frau Doktor fragte, wurde ich in ein kahles Empfangszimmer geleitet, in das sehr bald eine dunkle, recht üppige Frau eintrat.

Frau Doktor hat Kopfschmerzen, sagte sie mit einer Stimme, die mir bekannt erschien. Kann ich die Bestellung ausrichten?

Zweifelnd sah ich in ein paar neugierige, dunkle Augen; ehe ich aber antworten konnte, lächelte mich das Wesen vertraulich an.

Ach. Sie werden mich doch kennen, Frau Professor! Ich bin ja Lona Hellmund. Wissen Sie nicht, wie ich damals bei Ihrem Onkel, dem Schriftsteller, in Luzern war, und wie wir damals lustig zusammen gewesen sind? Ja, die Zeit vergeht; ich bin nun schon zum zweitenmal Witwe, und Sie sind wohl sehr glücklich verheiratet;

aber ich habe Sie gleich erkannt. Ach, die kleine Anneli! Ihr Onkel Willi hielt so viel von Ihnen, und es war schade, daß Sie damals die stolze Gräfin mitbrachten, die soviel Unruhe ins Haus brachte. Sie warf sich dem Doktor doch ziemlich dreist an den Kopf. Und der junge Baron von Falkenberg, Ihr Vetter, hat sich mir gegenüber auch nicht gut benommen. Denn das ist ganz gewiß, daß er mir die Ehe versprach, und daß er sein Versprechen nicht hielt. Aber so sind die vornehmen Herren! Sie machen die Mädchen unglücklich und fragen nicht danach. Hier schöpfte Lona Hellmund Atem, setzte sich mir gegenüber und sah mich an, als sollte ich ihr in die Arme fliegen. Aber ich saß unbeweglich.

Ich freue mich, daß es Ihnen gut geht, Frau – Frau –

Frau Päpke, schob sie ein.

Also Frau Päpke. Nun aber wünsche ich doch Frau Roland zu sprechen, fuhr ich fort. Es ist wegen ihrer kleinen Mädchen, und es wäre mir lieb, meine Frage selbst stellen zu können.

Frau Päpke bekam einen roten Kopf.

Ich sagte schon, daß Frau Doktor nicht sichtbar ist. Ich besorge alles für sie. Frau Doktor überläßt mir auch alles, und ich kann Ihnen sagen, daß wir viel zu tun haben. Die Klinik geht sehr gut, und Herr Doktor hat so viele Konsultationen von weit her, daß er sich schon einen Assistenten zugelegt hat.

Ich stand auf. Wenn ich Frau Roland nicht sprechen kann, dann werde ich ihr oder dem Herrn Doktor schreiben.

Lona Hellmund sah mich mit einem bösen Blick an; aber sie verließ doch das Zimmer, und nach einigen Augenblicken trat das blonde Röschen ein. Das arme blonde Röschen, mit einem zerzausten Kopf und ebenso wuschelig gekleidet wie ihre kleinen Mädchen. Sie müssen mich entschuldigen, sagte sie weinerlich. Aber es geht mir nicht gut, und ich kann eigentlich keinen Besuch annehmen.

Ich erklärte ihr kurz den Grund meines Kommens, und sie hörte teilnahmlos zu.

Ja, Minchen muß wohl nachgerade in die Schule gehn, und wenn sie es will, dann wird sie es auch einrichten. Und wenn dann die

Kleinen noch etwas früher zu Ihnen kommen können, dann soll es mir recht sein.

Frau Roland, ich würde mich gern der kleinen Mädchen annehmen, aber mein Mann findet es richtiger, daß wir uns einmal über den Fall aussprechen. Ich kann nicht den ganzen Tag ihre Beaufsichtigung übernehmen, da ich doch auch andre Pflichten habe. Wenn sie Ihnen hier im Wege sind, wäre es dann nicht richtiger, Sie schickten sie in eine kleine Spielschule, wo sie gut untergebracht sind? Nachmittags können sie immer wieder zu mir kommen, nur nicht den ganzen Tag. Die Verantwortung möchte ich denn doch nicht übernehmen.

Ich sprach freundlich überredend. Die Frau mit dem verblühten Gesicht und den müden Augen tat mir leid; aber sie sah mich nicht sehr freundlich an.

So ist es, sagte sie weinerlich. Sie können sich von meinem Manne das Leben retten lassen; aber wenn Sie etwas für seine Kinder tun sollen, so ist es Ihnen gleich zu viel. Was redest du da? fragte eine scharfe Stimme hinter ihr, und Fred Roland stand in der leise geöffneten Tür. Jetzt trat er vor und schüttelte mir die Hand.

Schon lange drängte es mich, Ihnen, gnädige Frau, zu sagen, wie ich mich Ihnen verpflichtet fühle, daß Sie meine Kinder so gütig aufgenommen haben. Nun freue ich mich, einmal zu hören, wie meine liebe Frau über den Fall denkt!

Seine Stimme klang messerscharf, und die arme Rosa sank in sich zusammen. Aber sie hatte den Eigensinn der Dummheit und machte von ihm Gebrauch.

Es ist doch wahr, daß du Frau Professor das Leben gerettet hast, und weshalb sollte sie sich nicht ein wenig um deine Kinder bekümmern? Sie hat doch die Zeit dazu, und Frau Päpke sagt auch, es ist keine Arbeit.

Fred wollte antworten, aber ich legte mich ins Mittel.

Von Arbeit ist keine Rede, nur von Verantwortung. Ich erlaubte mir eben den Vorschlag einer Spielschule für die Kleinen, jetzt da sich Minchen zur Schule entschlossen hat.

Und ich erzählte hastig von einer kleinen behaglichen Spielschule, in der unser Harald auch das Stillsitzen gelernt hatte. Der Doktor hörte mir aufmerksam zu; aber seine Frau saß völlig anteillos dabei, und als ich mich verabschiedete, sagte sie nur: Ich dachte, das mit den Kindern würden Sie gern tun. Fred Roland begleitete mich aus dem Hause und den Schwanenweg hinunter. Beim hellen Tagesschein schien sein Gesicht viel schärfer geworden, als es mir im Anfang des Winters vorgekommen war, und sobald wir allein waren, seufzte er ungeduldig auf.

Rechnen Sie mir die Taktlosigkeit meiner Frau nicht an: sie ist nervös und den ganzen Winter nicht gut gewesen. Die Wirtschaft mit der Klinik steigt ihr über den Kopf, und doch brauchte sie sich um nichts zu kümmern: seitdem die Päpke hier ist, geht alles am Schnürchen. Aber es gibt Menschen, die sich das Leben schwer machen müssen, und zu ihnen gehört meine Frau. Dabei sollte sie sich freuen. Denn wenn meine Praxis so zunimmt, wie sie es in diesen Wintermonaten getan hat, dann können wir auch noch einmal in unsrer eignen Equipage den Schwanenweg hinunterfahren.

Und Fred Roland lächelte wie in alten guten Jugendzeiten, da er mir sagte, wie gut er es seiner Mutter geben wollte.

Könnte Ihre Mutter nicht zu Ihnen ziehn und Ihrer Frau etwas helfen? fragte ich im Anschluß an diesen Gedanken.

Fred blieb stehn. Niemals! sagte er in einem Ton, der keine Antwort zuließ, und da ging ich denn schweigend neben ihm her.

Nach einem Augenblick begann er ruhiger zu sprechen. Wundern Sie sich nicht über mich, Frau Anneli. Ein wenig anders, als Sie es wohl dachten, bin ich doch geworden. Das kommt davon, wenn man seine Schülerliebe heiratet und dann die Not des Lebens in jeder Form kennen lernt. In jeder Form, Frau Anneli, und daß man nichts zu beißen und zu brechen hat, ist nicht so schlimm, als wenn man merkt, daß die Frau nichts von der Mutter des Mannes wissen will. Nachdem sie vorher mit heiligen Eiden geschworen hat, sie lieb und wert zu halten.

Es war kühl; aber Roland wischte sich die Stirn.

Nun seien Sie nicht böse, Frau Anneli, wenn Ihnen die kleinen Mädchen noch eine Zeit lang beschwerlich fallen. Mit der Zeit werde ich hoffentlich durchsetzen, daß ihnen ein Fräulein gehalten wird. Aber vorderhand kann ich es nicht einrichten.

Als ich Walter von meinem Besuch und von seiner gänzlichen Erfolglosigkeit erzählte, schüttelte er ein wenig den Kopf. Aber er sagte nicht viel, und ich freue mich ein wenig im stillen, daß Linchen und Stinchen noch wie bisher zu mir kommen werden. Für Harald ist es außerdem gut, daß er ein Publikum hat, dem er seine Aufgaben vorsprechen kann; sein Arbeiten ist sehr ungleich; manchmal gibt es ein gutes Zeugnis, und dann wieder weiß er die einfachsten, lateinischen Vokabeln nicht, sodaß ich manchmal nicht genau weiß, ob ich einen klugen oder einen dummen Sohn habe. Es kommt schon immer mehr Frühling in die Welt. Ostern ist spät dieses Jahr, aber einigen Studenten ist schon der Wechsel ausgegangen, und sie haben ihr Bündel geschnürt. Walter wird nun bald seinen dritten und letzten Vortrag halten, und ich freue mich, wenn die Geschichte zu Ende ist. Er gehört eben nicht zu den Naturen, die viel Arbeit vertragen. Professor Müller sagte heute dasselbe. Er wollte Walter besuchen, traf ihn nicht und ließ sich bei mir melden.

Professor Müller ist der große Kritiker, der in vielen gelehrten Zeitungen über die Arbeiten seiner Kollegen schreibt und sie oft so zerzaust, daß keine gute Feder an ihnen bleibt. Es gibt Leute, die da behaupten, der Professor könnte selbst kein eignes Werk zustande bringen und sei deshalb so bitter auf die, die das Schreiben verstehn. Ich weiß es nicht; ich weiß nur, daß ich vor Professor Müller eine rechte Angst habe. Er ist Junggeselle und ist gewohnt, von vielen Professorenfrauen verzogen und angebetet zu werden. Er hat ein kleines scharfes Fuchsgesicht und beständig blinzelnde Augen, die für meinen Geschmack einen falschen Blick haben. Heute war er sehr liebenswürdig, sagte mir etwas Schönes über mein Aussehn und fragte, weshalb wir uns so wenig sehn ließen. Ich erwiderte der Wahrheit gemäß, daß wir uns einschränken müßten, und daß mein Mann das Ausgehn auch nicht vertragen könnte.

Dann sollte der gestrenge Herr Sie allein gehn lassen, scherzte der Professor, worauf ich erwiderte, daß mein Mann das Gegenteil eines gestrengen Herrn wäre. Er läßt mir mehr Freiheit, als ich nötig habe! setzte ich hinzu. Mein Besucher lachte etwas spöttisch und meinte, daß eine hübsche Frau die Freiheit gut verwenden könnte.

Der Satz gefiel mir nicht, aber ich ließ ihn über mich ergehn. Ich hatte ja auch etwas Angst vor ihm. Er kam denn jetzt auch mit dem Wunsch heraus, der ihn wohl herbeigeführt hatte.

Sind Sie nicht sehr befreundet mit der Fürstin Monreal, gnädige Frau? Und könnten Sie mir vielleicht eine Einführung nach Schloß Weiden geben? Es sollen dort in dem Archiv einige alte Handschriften sein, in die ich wohl einen Blick tun möchte. Man sagt, daß der Fürst sehr eigen mit seinen Schätzen ist, sonst würde ich mich direkt an ihn wenden. Aber durch die Hand schöner Frauen geht solche Sache am besten.

Dieser Schluß ärgerte mich von neuem.

Die Fürstin Monreal ist allerdings eine Pensionsgenossin von mir, und sie hat sich unsrer frühern Freundschaft sehr freundlich erinnert, aber ich kenne den Fürsten fast gar nicht, während unser Geheimer Medizinalrat und Rektor ihn oft gesehn hat. Wäre es da nicht besser, Sie wendeten sich an diesen?

Professor Müller schüttelte den Kopf.

Man merkt, schöne Frau, daß Sie nichts von unsern Zeitströmungen wissen. Seitdem Fürst Monreal ein Patient von Doktor Roland geworden ist, hat sich die Freundschaft mit unserm gestrengen Rektor gelockert. Der Fürst hat ja sogar noch verschiedne hohe Herren zu dem neuen Eisenbart empfohlen, und die Goldne Gans, unser erstes Hotel, ist voll von Patienten, die den Roland konsultieren und auf ihn schwören. Wenn mein Gliederreißen nicht bald von selbst aufhört, dann werde ich auch einmal zu ihm gehn. Aber ich möchte den Geheimrat nicht an den Fürsten Monreal, diesen wunden Punkt, erinnern.

Ich will der Fürstin schreiben, sagte ich etwas widerwillig, und das Fuchsgesicht des Professors rötete sich.

Sie tuns nicht besonders gern, gnädige Frau?

Aufrichtig gestanden: nein! Aber ich will es versuchen.

Seine Augen blinzelten stark. Wenn Sie es nicht gern tun, will ich es natürlich nicht von Ihnen verlangen. Wie sollte ich? Es fällt mir niemals ein, andern Menschen ein Opfer aufzuerlegen. Ich habe

Freunde genug, die zu glücklich sind, mir einen wenn auch nur geringfügigen Dienst zu erweisen.

Lassen Sie es mich nun einmal versuchen, begann ich mit dem unbehaglichen Gefühl, den Professor beleidigt zu haben. Aber er machte eine abweisende Handbewegung.

Wir wollen nicht mehr darüber reden, Frau Weinberg! Ihrem Manne gehts doch gut? Mir schien neulich, daß er angegriffen aussah. Ist es eigentlich wahr, daß er in Süddeutschland Vorträge hält? Er sollte sich nur nicht überanstrengen, denn seine Gesundheit scheint mir nicht die stärkste zu sein!

Sein Ton war gutmütig geworden, und ich fand es nett von ihm, daß er sich um meinen Mann sorgte. Ich sagte denn auch, daß diese Vorträge nicht nach meinem Geschmack wären, daß Walter aber das ihm dafür gebotne Geld nicht von der Hand weisen wollte. Unser Avancement war ja nicht schnell gewesen, und man brauchte Geld zum Leben. Ich sprach offner, als ich es sonst wohl tue. Aber ich wollte liebenswürdig gegen den Professor sein, und dann haben wir auch nichts zu verbergen. Weshalb soll ich nicht sagen, daß wir arm sind? Die andern Menschen prunken doch so gern mit ihrem Reichtum, mit ihren Reisen, mit allem, das sie sich erlauben können, dann kann ich doch berichten, daß unsre Glücksgüter nicht im Mammon bestehn, danach die Diebe graben und stehlen.

Professor Müller war sehr teilnehmend. Er schalt über die Regierung, die uns solange auf ausreichendes Gehalt hatte warten lassen, und er sprach seine Freude aus, daß Walter ein hübsches Sümmchen in diesem Winter verdiente. Dann fragte er nach dem Inhalt der Vorträge, und ob sie wohl einmal als Buch erscheinen sollten. Ich erwiderte, daß Walter allerdings die Absicht habe, die Vorträge herauszugeben, sobald sich ein guter Verleger fände, und als der Professor noch einmal nach dem Inhalt der Vorträge fragte, gab ich ihm den ersten, den mir Walter hatte abschreiben lassen. Er handelte von dem Kunstverständnis im alten Griechenland. Der Professor bat, das Manuskript mit nach Hause nehmen zu dürfen, sprach dann über eine bevorstehende Verlobung, und daß es noch immer Masern gäbe, und wir trennten uns in großer Artigkeit.

Als Walter nach Hause kam, hatte ich aber ein schlechtes Gewissen und erzählte ihm von meinem Besuch. Mein Mann stutzte etwas, daß ich dem Professor die Einführung in Schloß Weiden abgeschlagen hatte, fand es aber von meinem Standpunkte ganz richtig.

Der Professor kann sich selbst darum bemühen, meinte er. Er wird es dir allerdings übelnehmen, aber du mußt seinen Zorn tragen.

Ich mußte ihm deinen Vortrag geben, bekannte ich weiter, worüber mein Mann die Achseln zuckte.

Den wird er schwerlich lesen, liebes Kind. Er wird ihm zu ungelehrt, zu populär sein. Ich bin übrigens gebeten worden, auch im nächsten Winter in denselben Städten zu sprechen. Diesesmal werde ich die Römer aufs Korn nehmen.

So also will ich den Besuch des Herrn Professors schnell vergessen und mich nicht um seine etwaige Ungnade bekümmern. Am letzten Sonntag aß Herr Külpe wieder bei uns. Er sah besser aus als im Vorwinter, und auch sein Rock scheint mir neu zu sein. Er sagte mir, daß er gern bei dem Lohndiener Dreher wohnte, und daß die Leute gut für ihn sorgten. Er wird Ostern Ordinarius für Quinta, und da ich auf Haralds Versetzung hoffe, so wird sein Lehrer ihn begleiten. Herr Külpe findet auch, daß Harald unregelmäßig arbeitet. Manchmal ist das Extemporale gut, dann wieder unter aller Kanone. Aber er rät davon ab, ihm Nachhilfestunden geben zu lassen. Er soll sich gern allein helfen.

Walter ist Gott sei Dank so in Anspruch genommen, daß er nicht allzuviel an den Jungen denkt. Mir ist es eine Erleichterung, denn er würde sich nur unnütz aufregen, und das kann er nicht vertragen. Ich für meine Person halte es für kein Unglück, wenn Harald nicht so übermäßig viel lernt. Aber ich darf diesen Gedanken nicht laut werden lassen.

Der Junge selbst ist mir nicht mehr so verständlich wie früher. Er ist manchmal schlecht gelaunt und sagt dann nicht, was er hat. Walter sagt, daß man ihn gewähren lassen soll, mir aber tut das Herz weh, wenn ich denke, daß sich mein Junge schon jetzt innerlich von mir entfernt. Das ganze Leben, ist doch ein langer Abschied.

Es ist ein Glück, daß die zwei kleinen Rolands nach wie vor jeden Nachmittag kommen und mit Harald spielen oder unsern Garten als den ihrigen betrachten und eifrig in ihm umhertoben. Allmählich wird es ja ein wenig warm, und überall regt es sich. Da zählen Linchen und Stinchen fast alle Knospen, deren es täglich mehr gibt, und fast in jedes Nest, das im Garten ist, haben sie einen Blick geworfen. Ich könnte mir den Garten ohne sie nicht mehr denken, und als eines Tages Minchen ganz früh kommt und erzählt, daß sie das Laufen zur Schule satt habe und lieber wieder mit ihren Schwestern spielen wolle, da hüte ich mich wohl, einen Widerspruch dagegen zu erheben. Nach meinen Erfahrungen im Hause Rolands lasse ich alles über mich ergehn. Nur Harald ist neidisch, daß Minchen wieder die Freiheit genießen darf.

Du wirst eingeloht, wenn du aus Schule läufst, verkündet er ihr, worauf Minchen in ein triumphierendes Lachen ausbricht.

Ich hab ja ein Doktorattest, daß ich noch viel zu schwach zum Lernen bin! Papa hat es mir aufgeschrieben.

Und sie reckt ihre kleine gedrungne Gestalt und wiegt sich in den stämmigen Hüften.

Jungen müssen lernen! setzt sie hinzu und schreit in demselben Augenblick hell auf, denn Harald hat ihr einen derben Schlag gegeben. Leider ist mein Junge noch nicht sehr galant. Zum Glück kann sich Minchen ihrer Haut wehren, und es folgt eine Balgerei mit Friedensschluß. Mir ist Minchens Rückkehr sehr recht. Sie achtet auf ihre kleinen Schwestern, und wenn sie kann, fängt sie schon an mir zu helfen. Das Häusliche geht ihr gut von der Hand, und sie spricht nicht mehr soviel von Operationen und andern Schrecknissen. Doktor Roland hat sich eine Baracke im Garten bauen lassen, wo die Operationen gemacht werden. Da merken die Kinder nicht mehr soviel davon. Außerdem hat er noch ein zweites Haus für seine Patienten gemietet, und alles soll voll besetzt sein.

Was ich höre, erfahre ich von Minchen, die mir berichtet, was ich wissen will; aber im ganzen geht mich die Sache ja nichts an, ich freue mich nur, wenn es Fred Roland gut geht. Er hat es nötig.

Osterferien. Harald kam mit der Quintanermütze heim, und sein Vater war glücklich. Glücklicher als ich, die ich lieber wollte, daß mein Junge mich mit seinen strahlenden Augen fröhlicher anblickte, als er es tut. Das angestrengte Lernen ist doch nichts für alle Kinder, und ich beneide das dicke Minchen um ihr Attest von ihrem Vater, das ihr das Lernen vorläufig erläßt.

Heute gab es eine Überraschung. Als ich in meinem Garten pflanzte, stand Dolly Degen, vermählte Falkenberg, vor mir. Sie hat Zimmer in der Goldnen Gans, und sie und Lita sind in Doktor Rolands Behandlung.

Er ist der einzige, der meinen Zustand richtige erkannt hat, behauptete Dolly. Seit drei Wochen behandelt er mich schon brieflich, aber nun will er mich sehen. Und für Lita hat er mir eine ausgezeichnete Medizin verschrieben, die sie viel frischer gemacht hat. Wir wollen uns nun für einige Wochen unter seine Aufsicht begeben.

Wie hast du von Doktor Roland erfahren? erkundigte ich mich, und Dolly sah mich erstaunt an.

Weißt du denn nicht, daß er viele Patienten gerade unter den vornehmsten Familien hat? Monreals find ja schon lange in seiner Behandlung, und die Gräfin Leonberg ist bei ihm wieder gesund geworden.

Und Dolly schnurrte eine Reihe klangvoller Namen herunter, deren Träger sich alle unter Rolands ärztliche Obhut gegeben hatten.

Etliche Amerikaner und Engländer sind auch dabei, setzte sie hinzu, und ich habe nur gehört, daß der Doktor großartig verdienen soll. Mein Bruder Max hat neulich den alten Baron Birkstein getroffen, der dem Roland Geld für dieses Unternehmen vorgestreckt hat. Der ist ganz selig gewesen und so stolz, daß Max meinte, dieses Interesse hätte einen tiefern Hintergrund. Von dem verstorbnen Sohn des Barons sagt man ja allerhand Sachen.

Ich freute mich über Dollys Erscheinen. Sie hat gewiß ihre Schwächen, und sie legt viel Wert auf Vornehmheit und darauf, was ihre Standesgenossen sagen und tun; aber mit mir ist sie immer verwandtschaftlich gewesen, und wenn ich mich auch damals gewundert habe, mit wie großer Sicherheit sie meinen Vetter Bernd eingefangen hat, so hätte dieser in noch ganz andre Hände fallen können. Dabei denke ich an das Hausfräulein Onkel Willis, an Lona Hellmund, die jetzt Frau Päpke heißt, und die die Stütze von Doktor

Roland ist. Es hätte doch nur wenig gefehlt, daß Bernd damals in Luzern an ihr hangen geblieben wäre.

Jetzt sind acht Tage verstrichen, daß Dolly in, der Goldnen Gans wohnt, und sie kennt Bärenburg besser, als ich es jemals gekannt habe, und wundert sich, daß ich dieses und jenes nicht weiß. Sie weiß, daß die medizinische Fakultät hier sehr aufgeregt über Doktor Roland und über seine neuen Heilmethoden ist, und sie hat in Erfahrung gebracht, daß der Geheime Medizinalrat schon im Ministerium war, um Roland von hier wegzubringen. Aber der Minister hatte schon selbst zweimal an Roland wegen eines veralteten Leidens geschrieben und wird nächstens auf einige Wochen in der Goldnen Gans wohnen. Dolly weiß noch viel mehr, und sie unterhält sich hier ausgezeichnet. Sie hat schon auf Schloß Weiden einen Besuch gemacht und von dort allerlei Neuigkeiten mitgebracht, die sie mir sehr gern erzählen möchte. Aber mein Sinn steht in diesen Tagen nicht nach Klatsch und ähnlichen Dingen.

Vorgestern wurde mir unter Kreuzband eine Zeitung aus Süddeutschland geschickt, deren Namen ich nicht einmal kenne. Ich legte sie neben mich, weil ich gerade meinem Manne Tee bereitete, und er griff danach und las einen rot angestrichnen Satz. Und dann wurde er totenblaß und ging leise aus dem Zimmer. Mir war seine Verstörtheit noch nicht klar geworden. Ich faltete das Blatt auseinander und las einen überaus hämischen Angriff auf Walter. Es handelte sich um die Vorträge, die er in den verschiednen Städten Süddeutschlands gehalten hatte, und die der ungenannte Artikelschreiber für unwissenschaftlich und für ein elendes Machwerk erklärte. Es ist eine bedauerliche Erscheinung der Jetztzeit, so ungefähr lautete der Schluß, daß es Universitätslehrer gibt, die die hehre Wissenschaft zum niedern Broterwerb herabwürdigen. Herr Professor Weinberg soll mit diesen Vorträgen ein sehr gutes »Geschäft« machen. Da er in schlechten Vermögensverhältnissen sein soll, wollen wir ihm den Beutel mit Geld gönnen, aber wir wollen doch zugleich den Wunsch daran schließen, daß er seine kümmerliche Weisheit auch nicht noch als Buch auf den Markt wirft.

Ich ging in Walters Zimmer. Da saß er in seinem Arbeitsstuhl vorm Fenster und sah in den dunkelnden Garten. Von draußen kam eine regenschwere, laue Luft herein, und im Busch jubelte die Nachtigall, über die wir uns schon gestern gefreut hatten.

Ich legte ihm die Hand auf die Schulter. Walter, du wirst dich nicht um den abscheulichen Angriff bekümmern? Er kommt von Professor Müller, und ich trage die Schuld. Ich hätte ihn zur Fürstin Monreal bringen sollen und ihm nicht alles sagen dürfen, was er wissen wollte. Aber ich ahnte nicht, daß es so gemeine Menschen gibt.

Walter antwortete nicht gleich. Dann sagte er ruhig:

Ich will versuchen, mich nicht zu ärgern, und du darfst es auch nicht tun. Aber es ist ein Angriff, den ich eigentlich zurückweisen muß.

Die ganze Nacht hat mein Mann dann am Schreibtisch gesessen und hat an einer Erwiderung gearbeitet, und gegen Morgen habe ich ihn ohnmächtig gefunden. Ich schickte zu Doktor Roland, der gleich gekommen ist.

Der Professor hat ein schwaches Herz! sagte er mir nach einer genauen Untersuchung. Er darf sich nicht überanstrengen, und er darf keinen Ärger haben. Lassen Sie ihn ruhig dahinleben, ohne Arbeit, mit viel Ruhe. Dann wird es schon wieder gut werden.

Soll er reisen? fragte ich, und Roland schüttelte den Kopf. Ich bin nicht fürs Reisen; höchstens für einen füllen Landaufenthalt, wo er nichts zu tun hat und möglichst allein ist.

Dolly kam bei dieser Unterredung hinzu und bot Falkenhorst als Erholungsstätte an. Walter hatte Neigung dazu; er kennt Falkenhorst von früher her, und er hat immer viel von Bernd gehalten. Die beiden Herren werden gut miteinander auskommen und sich nicht im Wege sein. Dolly war von diesem Plan begeistert und auch davon, daß ich hier bleiben muß. Denn Haralds Schule beginnt wieder in den nächsten Tagen, und ich kann ihn doch nicht allein hier lassen.

Doktor Roland sagt, daß diese Herzschwäche über kurz oder lang doch gekommen wäre. Ich brauche also den Professor Müller mit seinem abscheulichen Artikel nicht allein für dieses Unheil haftbar zu machen. Aber ich tue es doch.

Es ist jetzt Ende Mai, und die Welt ist sehr schön geworden. Wir sitzen die größte Zeit im Garten, und Dolly ist entzückt von unsrer Gegend. Sie ist frischer, als ich sie seit Jahren gesehen habe, und auch Lita ist ein ganz nettes kleines Mädchen geworden. Sie wird aber auch hier in die Schule genommen. Minchen stellt sie als Aufsicht für ihre kleinen Schwestern an und teilt Püffe aus, wenn Lita nicht parieren will. Die älteste kleine Roland ist herrschsüchtig, und ihr Vater freut sich schon auf die Zeit, wenn sie ihm die Leitung der Klinik abnehmen kann.

Vorher sollten Sie Minchen aber etwas Ordentliches lernen lassen, meinte ich, und er lacht unbekümmert:

Vor acht Jahren soll sie mir nicht mit den Weisheiten verdorben werden. Dann kann sie noch genug lernen.

Es mag sein, daß er Recht hat; im übrigen hat Minchen schon lange von selbst lesen gelernt und durch Harald eine ganze Menge Dinge in sich aufgenommen, die andre Kinder erst viel später wissen. Aber ich will mich nicht mit dem Doktor streiten. Ich bin ihm dankbar; er hat an Walter eine ausgezeichnete Medizin gegeben, sodaß dieser schreibt, er fühlte sich wohler als seit vielen Jahren. Er ist seit drei Wochen auf Falkenhorst, und der Aufenthalt bekommt ihm ausgezeichnet. Ich aber muß über den Ausdruck grübeln, daß Walter sagt, daß er sich seit vielen Jahren nicht so wohl gefühlt habe wie jetzt. Wir sind doch Mann und Frau, und ich habe immer gemeint, daß sich Walter im ganzen wohl befände. Ich muß schlecht auf ihn acht gegeben haben. Dolly tröstet mich bei diesem Gedanken.

Ich weiß niemals, ob sich Bernd wohl befindet oder nicht. Männer sind komisch. Wenn ihnen der kleine Finger weh tut, dann machen sie viel Wesens davon und das ganze Haus ungemütlich; aber wenn ihnen etwas Ernsthaftes fehlt, dann wirds einem erst gesagt, wenns beinahe zu spät ist. Nur wenn sie ewig kränkeln, dann hat man ewige Not. Ich denke an Bodild Monreal, die ja nicht aus dem Pflegen herauskommt. Ich bin neulich mal dagewesen, da habe ich den Fürsten nicht gesehen und Bodild nur einen Augenblick. Sie sah sehr schlecht aus und müßte vielleicht etwas für sich tun. Aber wenn der Mann krank ist, dann bleibt keine Zeit für die Frau.

Ich freue mich immer, wenn Dolly kommt, und auch, wenn sie geht. Denn dann habe ich die Empfindung, daß ich ihr nun lange genug zugehört habe. Sie kommt auch nicht alle Tage, schickt aber Lita mit großer Regelmäßigkeit. Und da sich die Kleine in die Rolands gefunden hat und meinen Harald sehr liebt, so strahlt sie schon übers ganze Gesicht, wenn sie in unsern Garten tritt.

Harald macht mir Sorge. Herr Külpe ist nicht unzufrieden mit ihm, aber er hat noch über ihn dasselbe Urteil. Seine Leistungen sind ungleichmäßig; manchmal gut, und dann wieder schlecht. Besonders das Lateinische wird ihm zuzeiten so schwer, daß es den Anschein hat, als wüßte er keine Vokabel. Und dann macht er in der Klasse ganz erträgliche Extemporalien.

Vor einigen Tagen erhielt ich einen Brief von der Frau Bäckermeisterin. Sie ist um Weihnachten krank gewesen, daher hat sie solange mit dem Dank für das Muttergottesbild warten müssen. Und hat sich doch so über alle Maßen gefreut. Die Muttergottes hat sie auch wieder gesund gemacht, zusammen mit der großen Freude, daß ich sie nicht vergessen hätte. Und sie hoffte, daß wir alle in Gesundheit lebten und im nächsten Jahre wiederkehren möchten. Der Brief war nicht ganz richtig geschrieben. Aber Harald und ich freuten uns sehr über das Lebenszeichen der guten Frau. Mein Junge konnte sich den Brief nicht oft genug vorlesen lassen. Am liebsten wäre er gleich wieder nach Birneburg gefahren, und er versicherte, daß er zu den Sommerferien Hinreisen müßte.

Ich kann auch allein hinfahren, Mutterlieb, versicherte er. Ich fahre bis Köln, und dann gehts auf der Eifelbahn weiter. Ach, ich habs mir wohl gemerkt, und warum kann ich nicht allein reisen? Ich bin ein großer Junge!

Was willst du allein in Birneburg? erkundigte ich mich, und Harald richtete seine Augen in die Ferne.

Dann will ich allein in die Berge gehn und darüber nachdenken, wie viele Menschen hier schon gegangen sind. Und sie haben alle ihre Mühe gehabt und alle ihre Schmerzen. Und nun sind sie tot und brauchen sich nicht mehr zu fürchten.

Du hast es doch auch nicht nötig, dich zu fürchten, Harald.

Mein Junge sprach weiter.

In den Bergen ist es besser als hier, Mutterlieb. Da braucht man keine Arbeiten zu machen und immerzu an Aufgaben zu denken und ob man auch zu spät in die Schule kommt.

Aber Harald! Möchtest du wirklich nichts lernen und immer dumm bleiben? Bist du so träge, daß du dir gar keine Mühe geben magst? Denke doch daran, wie fleißig dein Vater gewesen ist, und du willst ihm keine Freude machen?

Papa soll ja ziemlich unwissenschaftlich arbeiten, murmelte mein Junge. Albert Köhler, der Sohn vom Historiker –

Ich ließ ihn nicht ausreden. Man soll seine Kinder nicht im Zorn strafen; aber Harald hat die erste Ohrfeige seines Lebens von Mutterhand erhalten.

Der Sommer ist in diesem Jahre ganz besonders reizend. Unser ganzer Garten steht voll Rosen, und die Obstbäume haben so reich geblüht wie noch nie. Minchen Roland freut sich auf die Äpfel, die sie bei uns pflücken will, und Lita Falkenberg verspricht ihr noch ganz besondre Sorten, wenn sie mit ihr nach Falkenhorst kommen darf. Die beiden kleinen Mädchen sind sehr gute Freundinnen geworden, und Linchen und Stinchen spielen weiter ihre Rolle als Statisten. Sie lachen, wenn die größern Mädchen lachen, und verhalten sich in ehrerbietigem Schweigen, wenn sie merken, daß es von ihnen erwartet wird. Ich könnte schon nicht mehr ohne die kleine Rolands-Gesellschaft sein, und es ist mir sehr recht, daß ich noch immer bei ihnen die Schuld der Dankbarkeit abtragen muß, obgleich es mir natürlich leid tut, daß Frau Roland seit einigen Wochen zu Bett liegt und vorläufig wohl nicht wieder aufstehn wird.

Der arme Fred! Zu ihm strömen die Menschen, weil sie in ihm einen Zauberer vermuten, und er kann seine eigne Frau nicht wieder gesund machen. Allerdings sagt man, daß sie nicht gesund werden will. Dolly erzählt mir dies: »man sagt«. Sie sitzt in der Goldnen Gans, umringt von Pilgern, die Doktor Roland konsultieren wollen, und jeder weiß etwas andres. Mir ist es wie ein Wunder, daß Rolands Name so schnell bekannt geworden ist, und daß es so viel Krankheit in der Welt gibt. Die Goldne Gans ist um diese Zeit des Jahres noch nie so voll gewesen, und sie beginnt schon ihre Gäste in Privathäuser auszuquartieren. Dolly wird täglich wohler und schwört auf den neuen Doktor, und so ergeht es vielen andern. In einigen ausländischen Zeitungen soll auch schon auf Bärenburg als den Aufenthalt von Doktor Roland hingewiesen werden, und wenn dieser Zuspruch so weiter geht, wird Fred Roland sicherlich bald mit seinem eignen Wagen fahren können. Inzwischen geht das Leben an der Universität weiter; für meinen Walter hat ein Außerordentlicher die Vorlesungen übernommen, und ich freue mich, daß mein Mann wirklich einmal ausspannt. Die Nachrichten von ihm lauten gut; er fährt täglich mit Bernd spazieren, und neulich sind sie zusammen in meiner kleinen Stadt gewesen. In derselben, in der ich bei Onkel Willi auf dem Schloß wohnte, und wo ich endlich auf dem Eise einbrach, um von Fred Roland gerettet zu werden. In der Nacht träume ich noch manchmal von meinen dortigen Erlebnissen. Im Schloß wohnte ebenfalls ein altes Fräulein, das ehemals Tänzerin gewesen war, und das mir nach seinem Tode eine Summe Geldes schenkte, die in einem alten Bilderbuch verwahrt war. Die Bilderbücher habe ich noch; aber das Geld habe ich nicht behalten dürfen. Schade drum. Aber vielleicht hätte ich es längst ausgegeben.

Ja, das Semester ist in vollem Gange. Die Studenten singen bei Tag und Nacht von den Bergen herunter, und an meinem Garten geht manchmal Professor Müller vorüber. Er grüßt immer sehr höflich, und ich danke kühl. Walter will sich nicht nach einem Verleger für seine Vorträge umsehen; wäre nicht der abscheuliche Angriff auf ihn erfolgt, würde sich wohl einer von selbst gefunden haben. Aber der Angriff ist in verschiednen Zeitungen nachgedruckt worden, und nun haben die Buchhändler Angst. Man kanns ihnen nicht verdenken, und ich möchte nicht, daß Walter nach Erscheinen seiner Arbeiten wieder so schmählich heruntergezerrt würde; aber die Einnahmequelle, auf die er für dies Buch gerechnet hat, wird nicht sprudeln. Und alles, weil es Herrn Professor Müller einmal so gefallen hat. Was die Leute sonst hier von der Geschichte sagen, weiß ich nicht. Seitdem die Magnifika weiß, daß ich die kleinen Rolands so viel bei mir im Hause habe, ist sie eine Schattierung steifer gegen mich geworden und sieht mich manchmal nicht, wenn ich ihr auf der Straße begegne. Aber als ich gestern mit Bodild vor der Goldnen Gans stand und gerade über eine lustige Bemerkung meiner Freundin lachte, kam die Frau Geheimrat vorüber, machte ihren Knicks vor der Fürstin, sagte einige sehr liebenswürdige Worte und konnte nicht umhin, auch mich einer Beachtung zu würdigen. Da sagte sie, daß die ganze Universität meinem Manne eine baldige Genesung wünsche, und daß er den gänzlich ungerechtfertigten Angriff niemals schwer nehmen dürfte.

Was schwatzte sie da? fragte Bodild, die zum erstenmal seit Monaten von ihrem Schloß herunterkam und so ausgelassen war wie in ihren besten Backfischjahren. Einen Augenblick besann ich mich und erzählte ihr dann mein Erlebnis mit Professor Müller.

Weshalb schicktest du ihn nicht zu mir? fragte sie.

Ich wollte nicht aufdringlich erscheinen, und er ist außerdem ein unangenehmer Mensch. Bodild zuckte die Achseln. Anneli, du bist noch gerade so schnurrig wie Anno dazumal! Du hast dich meines Wissens niemals an mich herangedrängt; im Gegenteil, du bist immer fast zu zurückhaltend gewesen. Und dann hast du noch einen Fehler: du bist zu aufrichtig für diese arge Welt. Die Menschen wollen nun einmal nicht immer die nackte Wahrheit erfahren, sondern ein wenig umschmeichelt werden. Kann ich diesen vorzüglichen Müller nicht einmal kennen lernen? So ein gemeiner Kerl ist doch ganz sehenswert! Lade uns doch einmal zusammen ein!

Aber Bodild, ich werde doch nicht den Herrn einladen, der meinem Manne solchen schweren Schaden zugefügt hat. Und dann soll ich ihm auch noch die Ehre erweisen, daß er deine Bekanntschaft macht?

Werde nicht so böse, Anneli! Man merkt, daß du niemals bei Hofe gewesen bist und deinen ärgsten Feinden vergiftete Zuckerplätzchen gegeben hast. Na, wenn du nicht willst, dann muß es so gut sein; ich wollte dir nur einen Vorschlag machen.

Bodild kam auch gleich auf andre Gedanken, denn Dolly, auf die wir beide warteten, erschien jetzt vom Schwanenweg her. Sie hatte zweimal wöchentlich Konsultation bei ihrem Arzt, und heute war einer dieser großen Tage gewesen.

Sie war erregt und nicht so respektvoll gegen Bodild, wie ich es von ihr erwartet hatte.

Anneli, warum hast du mir das nicht gesagt? Ich bin fast in Ohnmacht gefallen, so habe ich mich erschrocken! Ach, die guten alten Zeiten! Man wird doch gerührt, wenn man ihrer gedenkt! Du auch,

Bodild, und dein Mann braucht von der alten Geschichte natürlich nichts zu erfahren. Aber daß Anneli nichts gesagt hat!

Was ist da? rief ich ungeduldig. Ich habe wirklich nichts zu erzählen, das euch in Aufregung versetzen könnte.

So weißt du nicht, daß dein Onkel, der bekannte Schriftsteller Willi Pankow, in Rolands Klinik angelangt ist und sich schon in die Kur begeben hat? Miß Mason, unsre ehemalige Engländerin aus dem Pensionat Clairon, die Wohl nachher seine Haushälterin geworden ist, begleitet ihn. Ich habe sie gleich erkannt. Sie ist natürlich nicht jünger geworden, aber noch merkwürdig gut konserviert. Ich kam mir vor wie ein Schulkind, als ich ihre Stimme hörte. Sage nur, wie kommen die hierher? Wohnte dein Onkel nicht noch in Luzern?

Gewiß, ich selbst war nicht wenig überrascht. Onkel Willi hat noch immer sein Landhaus in Luzern, und von dort her habe ich seinen letzten Brief erhalten. Allerdings schreiben wir uns nicht sehr häufig. Er lebt still für sich hin und mag nicht gern an die Außenwelt erinnert werden.

Nun, jetzt hat er sich in die Außenwelt begeben. Zwei Zimmer hat er mit Miß Mason in der Klinik bezogen, und Doktor Roland war förmlich etwas aufgeregt. Er kennt doch auch deinen Onkel von früher her, und es ist ihm natürlich interessant, ihn zu behandeln. Ich möchte wohl wissen, wie der alte Herr auf Bärenburg und auf Roland gekommen ist.

Wahrscheinlich durch Lona Hellmund, sagte ich nach kurzem Nachdenken.

Durch wen? Dollys Stimme klang sehr scharf, aber ich achtete nicht darauf.

Weißt du denn nicht, daß Frau Päpke, die Wirtschafterin der Klinik, ehemals Lona Hellmund hieß? Sie hat sich mir gleich zu erkennen gegeben, und ich kann mir denken, daß sie noch immer etwas in Verbindung mit Onkel Willi steht. Er hatte sie damals ganz gern, und ...

Dolly unterbrach mich. Anneli, wie konntest du mir diese entsetzliche Tatsache verschweigen? Lona Hellmund hier; die infam kokette Person, die sich so schamlos hinter Bernd hermachte? Ich werde sofort die Stadt verlassen!

Dollys Stimme schlug fast um, und sie mußte sich auf einen der Stühle fetzen, die vor dem Gasthof standen. Bodild und ich suchten sie zu beruhigen, aber sie weinte schon.

Ach Gott, ich soll mich hier erholen, und nun erfahre ich solche Nachricht! Wer kann denn denken, daß diese Person noch lebt und meinen Frieden stört? Bernd wollte mich gerade auf einige Tage besuchen, aber nun darf er natürlich nicht kommen.

Bodild und ich hatten mit Dolly spazieren gehn wollen; aber sie erklärte jetzt, daß sie sich hinlegen müßte. Da gingen wir also allein, und Bodild, begleitete mich in unser Haus. Sie hatte heute frei, wie sie sagte; ihr Mann hatte den Besuch eines alten Freundes und konnte sie entbehren.

Was war es nur noch mit Lona Hellmund? fragte Bodild, als wir allein durch die Straßen wanderten.

Ach, ganz und gar bringe ich die Geschichte auch nicht mehr zusammen. Aber entsinnst du dich nicht, daß diese Lona im Hause meines Onkels in Luzern war? Sie erzählte uns noch so viel Liebesgeschichten. Dann, als mein Vetter Bernd mit seinem Mentor, Doktor Weinberg, kam, fing sie den guten Jungen gleich ein und wollte ihn heiraten. Es gelang ihr nicht, die Schlinge war denn doch zu grob gedreht; aber Bernd kam doch einigermaßen in heißes Wasser, und –

Ich weiß jetzt. Er hätte sich beinahe erschossen, wenn du nicht dazwischen gekommen wärst!

So schlimm wäre es vielleicht nicht mit ihm geworden, entgegnete ich lachend, aber jedenfalls war die Geschichte etwas aufregend, und als ich Lona Hellmund und ihre frechen Augen wiedersah, ärgerte ich mich. Daß sich aber Dolly so anstellt, finde ich töricht. Sie ist ihres Mannes ganz sicher. Der wird nicht in Lona Päpkes Netze fallen.

Wir standen vor unserm Hause, und Bodild sah nachdenklich auf den kleinen einfachen Bau und unsern grünen Garten.

Dolly wird sich schon beruhigen, sagte sie dann. Sie spielte sich schon früher gern auf. Und vielleicht ist die Rolle, die sie in diesem kleinen Lustspiel übernahm, nicht ganz klar gewesen. Aber es sind *tempi passati*, die man besser ruhen läßt. Ich für meine Person – sie atmete kurz auf. Lache mich nicht aus, Anneli, aber ich glaube, daß ich deinem Onkel nicht begegnen kann. Ich schäme mich nicht gerade so sehr, daß ich ihm meine Backfischliebe damals an den Kopf warf. Manfred, dem ich die ganze Geschichte einmal erzählt habe, hat sich darüber amüsiert. Er sagt, mit Backfischen passieren noch ganz andre Geschichten. Nein, das ist es nicht, das mich abhält, deinen Onkel zu begrüßen. Aber ich fürchte mich vor seinem Alter, und daß ich Mitleid für ihn empfinden könnte. Und daß ich dann mich selbst und meine große Liebe von damals lächerlich finden müßte. Nein, ich will ihn lieber nicht sehen.

Wie du willst. Auf diese Worte konnte ich nicht viel entgegnen, jedermann hat seine eignen Empfindungen, und andre sollen nicht daran herumzerren. Wir hatten jetzt andres zu reden. Harald kam uns entgegen, und sein Gefolge, die Rolands, waren auch schon da. Denn es war die nachmittägliche Kaffeestunde, die sich die kleinen Mädchen nicht gern entgehn ließen.

Bodild sprach lange mit Harald, sah in seine schimmernden Augen und ließ sich von seiner Schule berichten. Er stand da freimütig Rede und Antwort, und sie lachte einigemale über ihn. Besonders als er erklärte, nie in seinem Leben Professor werden zu wollen.

Weshalb nicht? fragte die Fürstin.

Da muß man ewig lernen, hat niemals Ruhe vor den Büchern, und nachher ist man dann doch nicht gelehrt genug.

Bodild warf mir einen Blick zu, der ihr Einverständnis mit seinen Worten ausdrückte. Und dann setzte sie eine kleine Ermahnung hinzu, wie sie es wohl für ihre Pflicht hielt.

Werde nur gut und brav wie deine Mutter! Ich glaube, daß sie niemals eine Unwahrheit gesagt hat.

Wechselte mein Junge die Farbe, oder bildete ich es mir ein? Jedenfalls versuchte ich das Thema zu wechseln und ließ Minchen vortreten, die schon lange darauf brannte, mit Bodild zu plaudern.

Den Herrn Fürsten habe ich schon oft gesehen, wenn er bei Papa ist, sagte sie wichtig. Frau Päpke kennt ihn auch. Er gibt ihr manchmal ein Fünfmarkstück, wenn er nicht solange in der Sprechstunde warten will. Sie sagt, er ist ein guter alter Kerl, und er kann noch lange leben.

Ich hatte diesen Redestrom nicht dämmen können. Wenn Minchen einmal dran ist, dann läßt sie sich nicht unterbrechen. Bodild ließ nicht merken, daß sie unangenehm berührt war, und fragte nach Minchens Mutter.

Die liegt jetzt den ganzen Tag im Bett. Papa hat ihr schon viel Medizin verschrieben, aber es hilft alles nichts. Nun meint Frau Päpke, Mama sollte nur lange verreisen. Sie sagt, der arme Doktor Roland, der müßte eine ganz andre Frau haben!

Der Kaffee kam, und ich ließ Linchen und Stinchen, die zwei Trabanten, zu Worte kommen. Sie sind nicht gewohnt, daß sie jemals etwas sagen dürfen, aber da Harald gestern einen jungen Hund geschenkt erhalten hat, so konnten wir hierüber reden. Haralds Hunde sind mir immer schrecklich, weil sie immer gleich sterben. Andre Hunde werden doch groß; aber seine Pfleglinge überleben niemals die Staupe, und wenn sie es tun, werden sie von irgendeinem Studentenhund totgebissen.

Aber es nützt nichts; wir müssen immer wieder einen Hund haben, und ich hänge mein Herz an ihn, um seinen kleinen Leib bald im Garten zu begraben.

Bodild lachte über mich und meine Klagen und ließ sich von Harald berichten, daß ich einmal einen Hund gehabt hätte, dessen Name Cäsar war, und der grausam an Brandwunden zugrunde ging. Harald kann die Geschichte mit einem gewissen Wohlgefallen erzählen; er ist ein Junge und hat keine Nerven. Aber ich suche nicht hinzuhören. Meine alten Kinderschmerzen tun manchmal noch weh.

Der Fürst war auch in der Stadt und holte nach einiger Zeit seine Gemahlin mit dem Wagen ab. Er stieg auf einige Minuten aus, nahm von mir eine Tasse Kaffee, sagte mir einige freundliche Worte und lud mich dringend ein, doch mit Harald auf einige Tage nach Schloß Weiden zu kommen.

Wir sind ein wenig auf der Abreise! setzte er hinzu. Doktor Roland will mich vorläufig entlassen. Und dann muß ich nach meinem Besitz in Thüringen sehen.

Ich sah, wie Bodild große Augen machte; aber sie sagte nichts. Der Entschluß des Fürsten schien ihr neu zu sein. Ich aber mußte an Onkel Willi denken. Der Fürst will ihm doch aus dem Wege gehn.

Noch einmal gingen wir allein durch unser Gärtchen und plauderten von allen möglichen Dingen, bis sich der Fürst von mir verabschiedete, seine Einladung noch einmal wiederholte und dann in den Wagen stieg. Gerade in dem Augenblick, wo Professor Müller um die Ecke bog und sah, wie Bodild mich in die Arme schloß.

Auf weitere gute Freundschaft! sagte sie mit ihrer warmen, kräftigen Stimme, grüßte noch einmal, und dann zogen die Pferde an.

Harald lehnte sich neben mich. Das ist eine nette Fürstin! meinte er wohlwollend, und Minchen gab ihren Senf dazu.

Sehr nett, und ihr grünes Kleid war auch sehr hübsch, und sie hatte eine grüne Feder. Tante Anneli, welche Vögel haben so große grüne Federn?

Ich antwortete nicht, denn Professor Müller lüftete den Hut vor mir bis auf die Erde und fragte mich nach der Gesundheit meines Mannes. Wir bedauern alle so sehr, daß er in diesem Semester nicht lesen kann! Was ist es doch nur gewesen, daß er so plötzlich zusammenbrach?

Ich hob die Schultern. Es ist vieles zusammengekommen, Herr Professor, viel Arbeit, und dann noch ein großer Verdruß. Allerdings sollte er sich nichts aus einem hämischen Anonymus machen, der ihn in einer unbekannten Zeitung angriff; aber wenn die Nerven überreizt sind, kommt der Becher schnell zum Überlaufen.

Der Professor sah mich mit seinen blinzelnden Augen an.

Wie recht haben Sie, schöne Frau, daß man sich nicht um einen anonymen Angriff grämen soll. Man tut es eigentlich auch nur, wenn man sich getroffen fühlt, und dieser Fall ist hier ja ganz ausgeschlossen. War diese Dame nicht die Fürstin Monreal und ihr Gemahl?

Ich bejahte kurz, und Herr Müller blieb noch neben mir stehn.

Die Fürstin ist wirklich eine vornehme Erscheinung. Nicht gerade hübsch, aber voll von Rasse. Dem alten Fürsten sieht man nicht an, daß er ein so wertvolles Archiv besitzt.

Ich weiß nicht, wie mir plötzlich der Gedanke an die vergifteten Zuckerplätzchen kam, von denen Bodild sagte, daß man sie seinen Widersachern geben müßte. Aber ich zwang mich zu einem halbwegs freundlichen Lächeln.

Die Fürstin will Sie recht gern kennen lernen, Herr Professor. Sie fragte mich, ob ich Sie beide nicht zusammen einladen wollte. Das kann ich nicht gut; aber wenn Sie Ihren Besuch auf Schloß Weiden machen wollen, müssen Sie sich beeilen. Die Herrschaften werden vielleicht bald wegreisen.

Professor Müller ging mit einem so strahlenden Lächeln von mir, daß ich mich wunderte und zugleich schämte. Wunderte, daß ein so kluger Mann so viel Wert auf die Nichtigkeiten des Lebens legt, und ich schämte mich, ihm ein süßes Plätzchen gegeben zu haben, das ganz gewiß nicht giftig war. Was wollte ich eigentlich? Ich wußte es nicht und freute mich, an andre Dinge denken zu müssen.

Erstens hatte Harald die Neuigkeit für mich, daß sich Herr Külpe verlobt hätte. Mit einem jungen Mädchen aus einem Sattlerladen, und die Hochzeit sollte vielleicht sehr bald sein. Ich freute mich für Herrn Külpe, aber ich wunderte mich über den Jungen, der die Nachricht so ernst nahm.

Mutterlieb, wird er dann nicht mehr bei Drehers wohnen?

Ich weiß nicht, Harald, das ist doch auch einerlei.

Bei Drehers ist es sehr nett, murmelte mein Sohn.

Nun, dann bleibt er vielleicht auch mit seiner jungen Frau bei Drehers wohnen.

Solche billige Wohnung bekommt er nicht wieder, und Frau Dreher paßt so gut auf seine Sachen. Er schließt gar nichts ab, und wenn Frau Dreher nicht acht gäbe, könnten die Diebe kommen.

Ich hoffe nicht, daß du noch immer so viel bei Drehers bist! sagte ich etwas scharf. Denn ich mag den Anton Dreher nicht, der mit Harald in einer Klasse sitzt. Harald sagte etwas Unverständliches, und dann öffnete sich die Tür, und vor mir stand mein guter Onkel

Willi, der mich eine Zeit lang durch meine Kindheit geleitet hat, bis der innere Ruf an ihn erging, ein großer Schriftsteller zu werden. Da verließ er mich; wir haben aber immer miteinander in Verbindung gestanden, und in meine Backfischjahre fiel die Zeit, da Bodild sich zum Sterben in ihn verliebte.

Onkel Willi ist ein kleiner, zarter Herr mit schneeweißem Haar und sehr schönen Augen. Er ist ein wenig gebrechlich geworden, und er kann nur ganz langsam gehen, auch das Sprechen tut er sehr bedächtig; aber es ist mir eine Freude, ihn als lieben Gast bei mir sehen zu dürfen. Und Miß Mason, die in unsrer Pension eine etwas untergeordnete Rolle spielte, ist jetzt bei ihm Hausdame und scheint ihren Posten gut auszufüllen. Der Onkel gehört zu den Männern, die immer etwas bewundert werden müssen, und Miß Mason bewundert ihn über die Maßen. Sie war früher nicht allein. Die Frau Luise Bergheim, auch eine ehemalige Bekanntschaft von mir, wohnte bei meinem Onkel und führte ihm die Wirtschaft. Aber sie ist kürzlich gestorben, und das ist auch wohl der Grund, daß Onkel Willi Luzern verlassen hat.

Ich mag nicht, wenn die Menschen sterben! sagte er etwas kläglich, nachdem die erste Begrüßung vorüber war. Frau Bergheim war mit einmal tot. Und am Abend vorher hatte sie mir noch erzählt, wie gern sie lebte. Ich mag nicht, wenn die Leute um mich sterben, und Luzern ist öde. Ich will meine kleine Villa verkaufen.

Wohin willst du denn ziehen, Onkel? fragte ich, und er sagte vor sich hin: Ich weiß noch nicht; wenn man alt wird, ist alles öde!

Aber die gute Miß Mason erzählte mir nachher, was er sich wünschte. Er möchte so gern wieder in sein altes Schloß, Miß Anneli. Dorthin, wo auch Sie gewohnt haben. War es nicht eine kleine Stadt, und auf dem Berge lag das Schloß? Nun, dorthin möchte er ziehen, und ich glaube wohl, daß er es erreicht. Ehemals hat er die Wohnung aufgegeben, weil er sich ein wenig mit der Regierung des Landes erzürnte. Aber dort sind auch die Menschen andre geworden, und man ist dem Doktor nicht mehr böse. So habe ich wenigstens gehört.

Und Sie, Miß Mason, würden Sie mit meinem Onkel in das nordische Land ziehen?

Die alte Dame wischte sich die Augen.

Miß Anneli, ich habe mir ja gelobt, immer in der Schweiz zu bleiben, weil mein unvergeßlicher Bräutigam dort begraben liegt. Aber ich bin alt und heimatlos geworden. Wenn Ihr Onkel mich ferner haben will, dann ziehe ich natürlich mit ihm und hinterlasse in meinem Testament, daß ich in der Schweiz beerdigt werden will, wenn genug Mittel da sind. Und wenn es zu teuer sein sollte – well, dann wird mein John mich auch wohl finden, wenn ich von anderswoher komme. Man lernt sich bescheiden, Miß Anneli, und die Hauptsache ist, daß ich bei Ihrem Onkel bleiben darf.

Die gute Miß sprach ebensogut deutsch wie ich, aber sie sagte immer »Miß Anneli« zu mir, was ich ganz rührend fand.

Es war übrigens so, wie ich es schon gedacht hatte. Lona Hellmund, jetzt Frau Päpke, hatte von Rolands Klinik eine so begeisterte Schilderung gemacht, daß Onkel Willi sein Bündel schnürte, um bei diesem Wundermann ganz gesund zu werden. Seine Krankheit scheint mir das Alter zu sein, und ob der Doktor ihn davon kurieren kann, ist mir zweifelhaft.

Miß Mason schüttelte den Kopf über den Betrieb in der Klinik.

Es sind furchtbar viel Kranke und nur zwei Assistenzärzte. Und nicht genug Pflegerinnen. Der Doktor Roland arbeitet bis tief in die Nacht und gibt sich rasende Mühe; aber er ist auch nur ein Mensch, und schlafen muß er doch auch, wenn nur wenige Stunden. Und jeden Tag ist seine Sprechstunde voller, wenigstens sagt dies Frau Päpke.

Die Päpke ist wohl eine große Stütze? fragte ich, und die alte Miß legte vorsichtig ihr Taschentuch zusammen.

Miß Anneli, als sie Lona Hellmund hieß, habe ich sie nicht gekannt. Ich erlebte ja nur im Kaffeegarten zu Luzern, daß sie sich von dem jungen Baron trennte und ihn dazu brachte, sich beinahe totzuschießen, wenn Sie nicht dazwischengekommen wären. Nun, ich war immer sehr für die Liebe, und zuerst bin ich auch über Lona gerührt gewesen. Wie sie dann aber heiratete, und der Doktor ihr ein ansehnliches Hochzeitsgeschenk machen mußte, und wie sie dann zum zweitenmale in den Ehestand trat und wieder vom Doktor was haben wollte, und wie jetzt kein halbes Jahr vergeht, daß sie nicht dies und jenes vom Doktor verlangt, da bin ich doch von ihr zurückgekommen, und daß sie so in der Klinik regiert, will mir auch nicht gefallen.

Ein weibliches Wesen muß dort aber doch wohl das Regiment führen, meinte ich; aber Miß Mason erwiderte nichts.

Wie war es behaglich, diese gute Seele wieder in der Nähe zu wissen! Ich bin in Bärenburg doch noch nicht heimisch geworden, obgleich ich alle Jahre meines Ehestandes hier verbracht habe. Wenn ich mir denke, daß Onkel Willi wieder in das alte Schloß oberhalb der Stadt zieht, dann kommt über mich die Sehnsucht der Kindertage. Ob die Stadt wohl noch gerade so ist wie damals, als ich durch ihre Gassen lief? Ob wohl noch der Laden da ist, wo ich die unbezahlten Schlittschuhe nahm, und arbeitet Frau Roland noch für die Honoratioren Hauben und Hüte? Ich möchte wohl auch einmal über den Schloßhof gehn und sehn, ob der alte Brunnengott noch dort steht. Er hatte ein lustiges Gesicht und hielt eine zerbrochne Muschel an die Lippen. Wenn ich zur alten Demoiselle Stahl lief, die ihre Zimmer am Schloßhof hatte, dann betrachtete ich den moosbewachsnen Jüngling und dachte darüber nach, wie lange er dort wohl stünde, und was er wohl schon erlebt hätte. Ach, die dumme Sehnsucht!

Weshalb muß man sich dorthin wünschen, wo man nicht sein kann?

Nun ist Onkel Willi schon fast vierzehn Tage hier, und die Kur scheint ihm gut zu bekommen. Fast jeden Tag besucht er mich und spricht mit mir in seiner alten träumerischen Art. Schreiben mag er nicht mehr, und die Leute, die seine Bücher einst so lobten, haben ihn alle vergessen. Manchmal tuts ihm leid; dann aber lächelt er darüber und freut sich auf seine Freiwohnung im Schloß. Denn es scheint wirklich dazu zu kommen, daß er dorthin kommt. Es bedarf nur noch der bekannten vielen Schreibereien, ohne die ein deutscher Staat nicht denkbar ist.

Von Walter gute Nachrichten. Er darf nur nicht schon wieder in die Arbeit; deshalb befiehlt Fred Roland, daß er auf Falkenhorst bleiben soll, was Dolly sehr befürwortet, denn obgleich sie sich über Lona Hellmunds Anwesenheit in der Klinik beruhigt hat, so will sie ihren Bernd doch nicht der Gefahr aussetzen, an seine Jugendtorheit erinnert zu werden.

Ich werde übrigens die Person im Auge behalten, sagte sie mir gestern. Sie mag sehr tüchtig sein, und es ist ja schrecklich, daß die Roland ewig im Bett liegt, aber die Wirtschafterin wird sich sicher mancherlei erlauben, was sie nicht darf.

Zu diesem Satze sagte ich nichts. Mir ist Frau Päpke sehr gleichgiltig, und ich finde es besser, gar nicht an sie zu denken.

Heute ist Minchens Geburtstag, und wir wollen das Fest mit einer solennen Schokolade feiern. Sie wird sieben Jahre alt, und eigentlich ist es unerhört, daß sie noch immer nicht regelmäßig lernt, aber ich werde mich nicht in die Rolandschen Angelegenheiten mischen.

Es sollte gestern ein nettes Fest werden. Harald, Lita, Minchen, Linchen und Stinchen saßen alle um den Tisch und pflegten sich an dem braunen Trank und den schönen Kuchen, die Dolly gestiftet hatte. Meine Cousine war nach Schloß Weiden gefahren und hatte mich überreden wollen, sie zu begleiten. In den nächsten Tagen wollten die Monreals abreisen. Aber ich hatte abgelehnt. Ich mochte Harald nicht allein zu Hause lassen. Dieser Drehersche Junge schleicht sich dann immer hier herum, und der ist mir unheimlich. Auch wollte ich ja Minchens Wiegenfest feiern, und die kleine Gesellschaft war so lustig, daß ich mich nicht nach den vornehmen Leuten sehnte. Minchen hatte vor allem das große Wort. Sie schien es nicht verwunderlich zu finden, daß sie ihren Geburtstag hier und nicht bei ihren Eltern feierte. Sie berichtete triumphierend, daß ihr Papa sie ein gutes Ding genannt habe, das nur später brav etwas lernen sollte.

Und was sagte deine Mutter dir denn? fragte Lita, die manchmal ebenso neugierig ist wie ihre eigne Mutter.

Minchen biß in ihren Kuchen.

Mama sagt nie mehr viel. Sie liegt im Bett und sagt höchstens, daß sie es nicht mehr aushalten kann.

Aber Frau Päpke sagt doch gewiß etwas! beharrte Lita.

Sie sagte: Geh nur zu Anneli hin, die kann sich freuen, daß du ihr die Ehre erzeigst!

Harald wurde rot. Was, die Frau nennt meine Mutter bei ihrem Vornamen?

Ich wollte sagen, daß wir von etwas anderm sprechen wollten, aber Minchens schrille Stimme ließ sich nicht so leicht zum Schweigen bringen. Frau Päpke sagt immer Anneli, wenn sie von Tante Anneli spricht. Und sie sagt, daß Tante Anneli ein ganz armes kleines Mädchen gewesen ist, viel ärmer als eine von uns. Und sie könnte Gott danken, daß sie noch einen ordentlichen Mann gekriegt hätte, und sie wäre auch sonst gar nicht nett gewesen, und –

Harald sprang auf sie zu und schlug sie mit der Faust ins Gesicht.

Wenn Frau Päpke noch mal was von meiner Mutter sagt, so sag ihr nur –

Sein Gesicht war weiß, und er stammelte vor Erregung.

Harald! Ich war so versteinert, daß ich jetzt erst zu Worte kam. Wie kannst du dich so benehmen?

Aber er tobte, wie ich ihn noch nie gesehen hatte.

Mutter, Minchen hat schon mal was Häßliches von dir gesagt, und ich will mir das nicht mehr gefallen lassen. Können sie nicht zu Hause bleiben in ihrer ekligen Klinik?

Eklige Klinik? Minchen heulte beinahe. Wenn du das noch mal sagst, dann sage ich –

Zornig gebot ich Schweigen. Schämt ihr euch nicht, und ist dies eine Art, um Geburtstag zu feiern? Gleich versöhnt ihr euch wieder und bittet euch gegenseitig um Verzeihung.

Aber beide Kinder sahen sich grollend und finster an. Beide waren zu sehr gekränkt; mein Junge in seiner Mutter, Minchen in ihrer Klinik. Die Versöhnung konnte noch nicht bald erfolgen.

Der Nachmittag war verdorben. Harald verließ sehr bald den Tisch, und Minchen mummelte schweigend an ihrem Kuchen. Es nützte nichts, daß die andern Kinder ein Gesellschaftsspiel begannen; es herrschte eine gedrückte Stimmung, und bald zogen die kleinen Rolands von dannen. Mir war die Sache leid, und ich wollte Minchen zum Schluß ein freundliches Wort sagen; aber sie machte einen trotzigen Mund und sagte nur: Unsre Klinik ist nicht eklig.

Als die Kinder weg waren, fiel mir erst wieder ein, was Minchen über mich gesagt hatte, und ich spürte Neigung, Harald zu fragen, was Minchen denn sonst noch über mich wußte. Aber ich kam mir dann so klatschsüchtig vor, daß ich diese Absicht aufgab.

Als Dolly nachher kam, um ihre Lita abzuholen, erzählte ich lieber nichts, und meine Cousine würde auch kaum auf mich gehört haben. Auf Schloß Weiden war der Minister eines Nachbarlandes gewesen, und seine Unterhaltung hatte Dolly sehr begeistert.

Der Professor Müller war auch da, berichtete sie zum Schluß, und Bodild war sehr liebenswürdig mit ihm. Er schien sehr entzückt und läßt sich dir noch ganz besonders empfehlen.

Der Juli ist eingezogen und hat herrliches Wetter mitgebracht. Die Universität feiert Gartenfeste, und Rektors geben ihre letzte große Gesellschaft. Bald ist dann der Reigen verhallt, und eine andre Magnifika wird freundlich Huld verstreuen. Heute hat mich die noch Regierende wieder besucht. Auf ihrem Gartenfeste soll ich erscheinen und ein Schäferkostüm anlegen. Es soll nämlich etwas Watteau gemacht werden, und meine Figur eignet sich gut zu diesem Kostüm. Die Magnifika bittet sehr artig, ich aber zögere. Nach Schäferspiel ist mir nicht zumute.

Sie haben doch gute Nachrichten von Ihrem Mann? fragte die Geheimrätin.

Gott sei Dank, ja!

Na also. Dann dürfen Sie ja mit gutem Gewissen vergnügt sein. Übrigens hat mir Müller erzählt, daß man in Süddeutschland sehr angetan von den Vorträgen Ihres Gemahls ist, und daß der häßliche Angriff auf die Intrige eines Gymnasiallehrers zurückzuführen ist. Diese Herren sind ja leider oft eifersüchtig. Also, nicht wahr, Sie werden mir keinen Korb geben?

Halb widerstrebend sagte ich zu, und mein Besuch plauderte von andern Dingen. Von Onkel Willis Ankunft bei Roland hatte sie auch gehört, und es interessierte sie, daß der Doktor mein Onkel war.

Früher habe ich so für ihn geschwärmt, daß es mir fast leid tat, zu hören, er sei noch am Leben.

Armer Onkel! dachte ich, aber die Dame plauderte weiter.

Hören Sie sonst etwas von der Klinik? Sie ist ja übervoll, und mein Mann meint, daß Roland kolossal verdienen müsse. Aber in dem schnellen Erfolg liegt wohl eine große Gefahr. Und dann die Sache mit der Haushälterin – sie stockte und wurde verlegen.

Ich will nicht klatschen. Es mag ja auch alles übertrieben sein. Doch die arme Frau kann einem leid tun. Trotz ihrer großen Unbedeutendheit.

Die Geheimrätin ging. Ich aber hatte eine ganze Weile einen häßlichen Geschmack im Munde. Armer Fred! Wohin gerätst du?

Die Kleinen waren nicht hier seit Minchens verhängnisvollem Geburtstage. Ich hatte mich absichtlich nicht um sie bekümmert; weiß ich doch aus meiner Kinderzeit, daß auch in diesem Alter der Zorn erst vergehen muß. Außerdem – ich leugne es nicht – hat mich Minchens schrille Stimme doch gekränkt. Was habe ich Frau Päpke denn getan, daß sie mich vor den Kindern schlecht macht? Ich bin allerdings damals unglücklich gewesen, als Bernd sich mit ihr verlobte, und das war wohl mein Recht. Im übrigen entsinne ich mich nicht, sie beleidigt zu haben. Wäre doch Walter hier, damit ich mit ihm über die Sache sprechen könnte. Aber er hat mir erst eben geschrieben, daß der dortige Arzt ganz mit Rolands Ansicht übereinstimmte und ihn dringend vor der Rückkehr in die alltäglichen Verhältnisse warnte. Da darf ich also nicht selbstsüchtig sein und muß meine kleinen Sorgen allein tragen.

Ich habe es auch gut. Onkel Willi kommt fast täglich, um mich zu besuchen. In der eigentlichen Klinik hat er kein Unterkommen gefunden und wohnt mit Miß Mason in einem Nachbarhause. An einigen Tagen wird er massiert und muß Bäder nehmen, dann erscheint er nicht, und Miß Mason kommt zu einem Plauderstündchen. Auch sie ist eingenommen von Roland und seiner sichern Diagnose; aber sie glaubt nicht, daß er Onkel Willi vom Alter befreien kann.

Das geht nicht mehr, Miß Anneli, sagt sie halb wehmütig. Gegen das Alter kann der junge Doktor auch nichts tun. Ich habe es auch an Herrn Stahl gesagt. Das ist ein alter Herr, der ebenfalls wieder jung werden will. Aber ich fürchte, es gelingt ihm nicht.

Ich wollte bei diesem Namen nachfragen, aber es kam eine Verhinderung. Mein Schäferkostüm, das die kleine niedliche Schneiderin aus der Langen Gasse zur Anprobe bringt. Sie ist eine Schwester von Herrn Külpes Braut, und deshalb haben wir allerhand Gesprächsstoff. Herr Külpe sieht bei seiner Heirat nicht auf Geld, sondern nur auf Liebe. Daher wird er mit seiner jungen Frau bei Drehers weiter wohnen, was Harald mit Befriedigung erfüllt. Wenn er nächste Ostern nach Quarta versetzt wird, hofft er, daß auch Herr Külpe Ordinarius dieser Klasse wird.

Diese kleine Schneiderin hat fürs Fest viel zu tun und hat sich schon eine Hilfe nehmen müssen.

Sie war schwer zu bekommen, setzt sie hinzu, und ganz passen tut sie mir auch nicht, aber was soll man tun, wenn die Arbeit drängt?

Wer ist denn diese Hilfe? frag ich, aber sie hat den Mund voll von Stecknadeln und kann nicht antworten. Da denke ich denn auch lieber an mein Schäferkostüm.

Dolly ist auf einige Tage verreist und hat mir Lita anvertraut. Sie und Harald sind sehr verträglich miteinander, und ich lasse der Kleinen einige Privatstunden geben, daß sie sich nicht langweilt.

Sie findet diesen Schutz gegen Langeweile sehr überflüssig, und ich eigentlich auch; denn mein Haus ist so still geworden. Die kleinen Rolands fehlen mir an allen Ecken, aber ich kann doch nicht hinter ihnen herlaufen und mich vielleicht von Frau Päpke schlecht behandeln lassen. Wo mögen sie nur stecken? Jetzt in dieser schönen Sommerzeit? Im Garten der Klinik steht ja die Operationsbaracke, da dürfen sie nicht sein, und sie hatten die Luft so nötig.

Heute erwartete ich meine Schneiderin vergebens. Sie ließ sich nicht einmal entschuldigen, und das Fest soll doch in zwei Tagen stattfinden. Ich ging in die Lange Gasse und wollte gerade in den Sattlerladen gehn, als ich Linchen Roland ganz allein begegnete. Sie sah verwahrlost aus, mehr als sonst, und sie wollte sich an mir vorüberdrängen. Aber ich faßte sie am Arm.

Was tust du hier, Linchen, und wo sind Minchen und Stinchen?

Die Kleine sah etwas trotzig zur Seite, aber als ich meine Frage wiederholte, kam die Antwort:

Ich darf nicht mehr mit dir sprechen.

Wer hat es verboten?

Das darf ich nicht sagen.

Linchen strebte schon weiter, und ich hatte Lust, sie ziehen zu lassen, aber dann fiel mir auf, daß sie rote Augen hatte und ganz fleckig im Gesicht war. Da fragte ich sie noch einmal nach ihren Schwestern, und sie gab den Widerstand auf und berichtete mir, daß sie drei jetzt immer in der Langen Gasse spielten. Dort wohnte ein kleines Mädchen, das in ihres Vaters Klinik gewesen war, und Frau Päpke hatte gesagt, da sollten sie nur hingehn. Minchen und Stinchen waren schon bei ihrer neuen Freundin, und sie hatte nur noch einige Bonbons geholt.

Ich stand noch vor dem Kinde, da kam meine Schneiderin aus dem Laden.

Ach Frau Professor, Sie müssen entschuldigen, daß ich nicht gekommen bin. Aber ich bin nicht fertig geworden. Meine Hilfe hat die Masern, und – sie stockte und sah Linchen Roland an.

Kind, du darfst heute nicht zu Petrine, die ist auch krank. Und hole nur deine beiden Schwestern von dort ab. Sie dürfen nicht mehr ins Haus.

Sie wandte sich kopfschüttelnd mir zu.

Ich kann es nicht begreifen. Da läßt der Herr Doktor Roland seine Kinder hier bei Leuten spielen, an denen wirklich nichts ist. Und noch dazu in einem kleinen engen Zimmer, und in dieser schönen Sommerzeit. Und die Masern sind aus dem Hause noch niemals weg gewesen.

Ich holte also Minchen und Stinchen Roland aus einem kleinen, sehr übelriechenden Hause, in dem sie in einem kleinen dumpfen Loch auf der Erde saßen und mit einem im Bett liegenden Kinde spielten. Minchen sah mich schief an, als ich plötzlich erschien; aber sie wagte doch keinen Widerstand, und ich brachte sie alle drei auf die Straße und ermahnte sie, sich gleich bei ihrem Vater zu melden.

Papa hat doch keine Zeit, sagte Minchen trotzig. Der hat nie Zeit für uns; Mama sagt es auch.

Geht heute nur zu ihm und sagt von Tante Anneli, er sollte euch alle gleich ins Bett stecken. Nachher komme ich und frage, ob ihrs auch ausgerichtet habt.

Widerwillig gingen die drei kleinen Mädchen davon; aber sie gingen doch, und Fräulein Schilling, die Schneiderin, seufzte hinter ihr her.

Ja, Frau Professor, mit dieser Nachbarschaft ist es hier nicht schön, und ich ärgere mich, daß ich die älteste Schwester zum Nähen hatte. Jetzt hat sie auch die Masern und läßt mich sitzen. Sie ist gar kein nettes Mädchen, und daß sie immer Frau Päpke in der Klinik besuchen darf, wundert uns alle. Aber Frau Päpke – sie stockte und sah mich fragend an – die Frau Doktor lebt doch noch, setzte sie leiser hinzu. Und man kann es auch von dem Herrn Doktor nicht glauben. Das Kostüm kriegen Sie aber morgen ganz gewiß, wenn ich auch die ganze Nacht darum aufsitzen soll.

Mir war unheimlich zumute, und ich ging eilig nach Hause. Nun ging ich nicht in die Klinik und freute mich, wie am Abend die gute Miß Mason kam und meine Erkundigung für mich übernehmen wollte. Doktor Roland ist leider verreist; der Minister, der neulich bei Monreals war, hat ihn in die Residenz bestellt. Seine Diagnose soll wieder einmal den Ausschlag geben. Aber Frau Päpke muß sich doch auf ihre Pflicht besinnen.

Vierzehn Tage lang nicht geschrieben. Zu dumm, daß ich die Masern bekommen mußte! Sie fingen an, als ich mein Schäferkostüm zum letztenmale anprobierte. Kaum konnte ich mich noch in mein Bett schleppen, dann kam Fieber, begleitet von heftigen Kopfschmerzen, sodaß ich wohl einige Tage für mich hingelegen habe, ohne viel von mir zu wissen. Jetzt fühle ich mich viel besser, und der Doktor sagt, daß ich mich freuen soll, so leicht davongekommen zu sein. Einige Fälle wären viel schwerer verlaufen. Eigentlich wunderte ich mich, daß Doktor Roland mich nicht behandelte. Aber Walter sagte, daß er ihn nicht hätte bemühen wollen. Walter ist nämlich wieder da. Dolly hat ihn gleich kommen lassen, während sie mit Lita und Harald nach Falkenhorst gegangen ist. Diese Vorsicht war meiner Ansicht nach überflüssig; aber Walter sagt, daß er mit Dollys Handlungsweise ganz einverstanden wäre. Er ist viel frischer und heiterer geworden, sitzt an meinem Bett und erzählt mir von Falkenhorst. Von dem lieben alten Gut, auf dem ich einen Teil meines Daseins verbracht habe, und das ich so gern lange besuchen möchte. Lieber beinahe möchte ich noch einmal wieder auf das alte Schloß, wo ich mit Onkel Willi wohnte. Onkel Willi hat die Erlaubnis erhalten, seine alte Wohnung zu beziehen; in einem gnädigen Schreiben ist ihm dieser Bescheid geworden, und Miß Mason sagt, daß er sehr, sehr glücklich wäre. Die gute alte Engländerin darf mich jetzt wieder auf ein Weilchen besuchen. Onkel Willi hats erlaubt, wenn sie hinterher eine Stunde spazierengehen und die zweite Stunde nicht mit ihm sprechen will. Er ist ein wenig bange vor Krankheit, der gute Onkel; und man solls ihm nicht verdenken. In seinen Jahren muß man die Gesundheit doppelt hoch halten.

Es ist still im Hause. Walter liebäugelt schon wieder mit seinem Schreibtisch und hat neue Pläne für nächsten Winter. Die Vorträge werden doch als Buch erscheinen. Es hat sich ein Verleger gemeldet, der ganz gute Bedingungen gemacht und sich auf Professor Müller berufen hat, der versprochen habe, eine gute Kritik zu schreiben. Also ist er es doch vielleicht nicht gewesen, der hinter dem Angriff steckte. Walter ist ganz glücklich bei diesem Gedanken. Er entschließt sich schwer, Böses von andern zu glauben, sodaß ich ihm nicht widersprechen mag. Ich bin übrigens noch etwas müde, und der Doktor will nichts von Aufstehen wissen. Er sagt, Masern bci Erwachsnen seien nicht ganz ungefährlich. Ich muß also Geduld haben und mich freuen, daß ich ein wenig mit Bleistift schreiben darf.

Die Fenster stehn offen, und ich fühle den Hauch der warmen Luft. Das tut wohl, und auch der feine Blumenduft aus dem Garten macht mir Freude. Es war doch schade, daß ich mein Schäferinnenkostüm nicht trug, und daß niemand kommt, mir von dem Verlauf des Festes zu berichten. Aber ich darf noch nichts hören, was mich erregen könnte. Die Magnifika hat mir ein Körbchen mit Frühobst geschickt und gute Besserung wünschen lassen. Bald ist sie nicht mehr die Magnifika und wird eine gewöhnliche Professorenfrau; aber sie hat ihr Amt gut ausgefüllt. Wenn ich einmal Magnifika werde, will ich gerade so huldvoll sein wie sie.

Ach, Anneli, du wirst schwach im Kopf! Zum Rektor werden wir nie reich genug sein, und wenn wir mal soviel Geld erworben haben, dann machts keine Freude mehr, den ersten Platz in der Universität einzunehmen.

Heute läuten die Glocken den ganzen Tag. Im Sommer tun sies sonst selten. Da hat niemand Lust, krank zu sein oder gar zu sterben. Ich höre auch lieber die Studenten singen, und am Abend tun sie mir den Gefallen und singen vor meinen Fenstern die schönsten Lieder. Von Liebe und vom Abschied, von allen den Dingen, die ein Student in Lieder kleidet, wenn sein Beutel leer ist, und er nach Hause reisen muß.

Das Haus ist still. Walter hat beschlossen, Harald nicht vor den Ferien wiederkommen zu lassen, und es ist wohl gut so, nur, daß mir mein Junge sehr fehlt. Die kleinen Rolands scheinen noch immer zu grollen, oder die Päpke hält sie von mir fern. Die abscheuliche Person! Wenn ich wieder ganz gesund bin, dann will ich doch noch einmal zu Frau Roland gehen. Vielleicht könnte ich ihr einen Rat geben. An Fred selbst kommt man ja nicht mehr heran. Es ist schade; aber er will natürlich seinen Weg in großer Eile machen.

Onkel Willi hat sich entschlossen, mich zu besuchen. Ich konnte ihm schon entgegengehen, und er versicherte, daß ich mich nicht verändert hätte, was ihn zu beruhigen schien. Er setzte sich dann mir gegenüber und begann von seinen neuen Plänen zu berichten.

Also, ich ziehe wieder aufs Schloß, und du mußt mich einmal dort besuchen. Herr Stahl will auch kommen. Weißt du, wer der Herr ist? Ein Verwandter von der alten Demoiselle Stahl, die ehemals im Schloß wohnte, und die von zwei schrecklichen Neffen beerbt wurde. Du wirst dich der Geschichte nicht mehr entsinnen, denn du warst damals noch sehr jung; aber man war damals recht entrüstet über die große Pietätlosigkeit der zwei Erben, die sich auch noch erzürnten. Nun, der eine dieser Herren lebt noch und hat es zu einem beträchtlichen Vermögen gebracht. Er scheint auch sein damaliges Betragen zu bedauern und hat mich gefragt, ob er dich später einmal besuchen dürfe. Er möchte dich etwas fragen.

Ich gab natürlich meine Erlaubnis, und mein Onkel plauderte weiter. Dieser Herr Stahl wird auch von Roland behandelt und spürt, wie ich, merkliche Besserung. Ja, Doktor Roland ist ein großes Talent; möchte er nur nicht denken, daß es immer so weiter geht. Der Rückschlag wird jetzt schon kommen, obgleich er doch keine Schuld an der traurigen Geschichte hatte, er war zuerst ja gar nicht hier, und als sie ihn herriefen, war es zu spät.

Welche Geschichte meinst du? fragte ich, aber da stand Walter neben mir und schob den Onkel sachte hinaus.

Anneli muß unbedingt Ruhe haben! sagte er mit einer ungewohnten scharfen Stimme.

Aber ich faßte nach seiner Hand.

Walter, was ist es? Um Gottes willen! Harald – – ich wurde ganz unsinnig vor Angst – wenn du nicht sprichst –

Da geleitete er mich auf mein Ruhebett.

Harald ist ganz gesund, und du brauchst dir seinetwegen keine Sorgen zu machen. Es ist nur – schließlich mußt du es doch auch erfahren, und es wird dich schmerzen, wie es uns alle schmerzt –

Was ist es? fragte ich noch einmal, und er strich über mein Haar.

Minchen und Linchen Roland sind beide an den Masern gestorben.

Ich lag ganz still. Minchen und Linchen Roland. Sie gehörten mir nicht; ich kannte sie noch nicht lange, eigentlich sollten sie mir fremd sein, und ihre Mutter war immer wenig nett gegen mich gewesen. Aber, aber – ich glaube, daß ich laut geschrien habe.

Als ich die Augen aufschlug, lag ich im Bett, und Fred Roland saß neben mir.

Frau Anneli, was machen Sie? Ich wollte gerade vorsehen, um mich einmal nach Ihrem Befinden zu erkundigen, da sagt mir Ihr Mann, daß Sie ohnmächtig geworden sind. Solche Geschichten müssen Sie vermeiden.

Er sprach gleichmütig, und ich betrachtete ihn mit einer gewissen Verwunderung. Hatte er wirklich zwei seiner lieben kleinen Mädchen verloren und konnte sein wie sonst?

Er schien meine Gedanken zu erraten, denn er nahm sich, wie mit einem Ruck, zusammen.

Ja, Frau Anneli, ich habe meinen Tribut den Göttern zahlen müssen. Ich weiß, daß Sie mitempfinden, und daher bin ich auch zu Ihnen gekommen. Sie haben die kleinen Dinger lieb gehabt und sind gut mit ihnen gewesen. Besser als ihr eigner Vater. Ich ärgerte mich eigentlich, daß es alle drei Mädchen waren, und ich nannte sie Minchen, Linchen und Stinchen, weil ich alle andern Namen zu großartig für diese kleinen unschönen Dinger fand. Aber wenn sich dann zwei von ihnen auf einmal allein auf die große Reise machen, und niemand ihnen mehr helfen kann, und wenn man plötzlich weiß, daß man stolz auf sie gewesen ist, und daß nun alles zu spät ist –

Fred Roland war heiser geworden und legte seine schlanken Hände zusammen.

Minchen hat in den letzten Stunden immer von Ihnen gesprochen, Frau Anneli. Sie sagte, sie wäre unartig gewesen, und wollte es nicht wieder tun. Und sie hätte es auch nicht ernst gemeint, was sie gesagt hätte. – Ich weiß ja nicht, welcher Art die kleine Differenz zwischen Ihnen gewesen ist, ich weiß ja nichts von meinen Kindern; aber meine Kleine hat sich in ihren letzten Lebensstunden mit ihrer Bürde gequält, und ich mußte ihr versprechen, die Bestellung an Sie zu übernehmen.

Er schwieg und sah mit trocknen Augen vor sich hin. Als er meine bittern Tränen sah, legte er die Hand auf meine.

Sie sind glücklich, Frau Anneli, Sie dürfen weinen. Ich aber, ich muß fast lachen; lachen über den Doktor Eisenbart, zu dem die Leute gelaufen kommen, damit er sie gesund macht. Er gibt sich auch redliche Mühe; versucht alles, opfert seinen Schlaf, seine Gesundheit. Und dann muß er die eignen Menschenblumen, die in seinem Garten wuchsen, hinwelken sehen und kann nichts, absolut nichts machen.

Sein Gesicht verzog sich so schmerzlich, daß ich mich aufrichtete.

Fred, lassen Sie Ihre Mutter kommen. Sie wird allein Sie trösten können.

Er setzte zum Sprechen an, aber seine Lippen zitterten so stark, daß ich ihn kaum verstehn konnte.

Nein, sagte er mit schwerer Zunge, nein, sie ist mir zu gut für die Klinik, für die neugierigen Leute, für – Er hielt inne, denn im Nebenzimmer klang eine scharfe Stimme, und Walter winkte Fred, daß er nach draußen kommen möge. Es ging ohne Abschied, und als Walter nachher zu mir trat, hatte er ein verstörtes Gesicht.

Was war mit Roland? fragte ich, und mein guter Mann versuchte eine ausweichende Antwort zu geben. Aber er kann so schlecht lügen und um den Brei herumgehn.

Frau Päpke war hier, sagte er zögernd. Roland mußte eilig nach Hause kommen; seine Frau ist plötzlich aus ihrem Zimmer verschwunden, und niemand ahnt, wo sie geblieben ist.

Es ist wie ein Wunder, daß ich gesund werde; aber am andern Tage kann ich das Bett schon verlassen und darf Miß Masons Besuch empfangen. Die gute alte Dame zitterte am ganzen Leibe und erklärte weinend, daß der Aufenthalt in dieser Klinik sehr aufregend wäre.

Miß Anneli, was sagen Sie doch zu dieser Geschichte? Ach, die Päpke ist an allem schuld. Sie hat der armen Frau eingebildet, daß sie sterbenskrank wäre, damit sie immer im Bett bleiben sollte, und nun ist sie natürlich wirklich krank geworden. Schon vor Kummer über den Tod der kleinen Mädchen. Und vielleicht hat ihr auch jemand gesagt, daß Frau Päpke auf ihren Tod warte, um ihren Mann zu heiraten. Die Menschen sind ja oft so böse, Miß Anneli. In der Klinik wird rasend geklatscht, und gestern sind schon zehn Personen abgereist.

Ich versuchte die gute Miß zu trösten, obgleich mir schlecht genug zumute war; aber man muß eben den Ereignissen ihren Lauf lassen.

Am Abend desselben Tages wurde die blonde Rosa schon wiedergefunden. Sie hatte sich auf ein Schienengeleise werfen wollen, war aber noch nicht dazu gekommen. Roland zog einen Universitätsprofessor zu Rate, und dieser verordnete eine Nervenheilanstalt.

Den Schluß der Geschichte berichtete mir der alte Herr Stahl. Gleichfalls ein Patient von Doktor Roland, der aber auch jetzt von Abreisen spricht. Er ist ein etwas verrunzelter Herr und ein Neffe der alten Demoiselle Stahl, die gegen mich, als ich Kind war, sehr liebevoll war. Als sie starb, vermachte sie mir Bilderbücher und auch eine Summe Geldes, die ich niemals erhalten habe. Ich glaube, daß die Erben das Vermächtnis anfochten, und daß mein Onkel Falkenberg sofort für mich auf die Erbschaft verzichtete. Herr Stahl ist nun einer der Erben gewesen, und es scheint mir fast, als hätte er Lust, mir das Geld zu geben. Wenigstens erzählt er sehr umständlich, wie er damals in Geldverlegenheit gewesen sei und es erst im Alter zu etwas gebracht habe. Aber ich gehe nicht auf seine Berichte ein. Wir könnten wohl Geld gebrauchen, aber es ist besser, frei zu sein und arm. Von Herrn Stahl will ich mir nichts schenken lassen.

Herr Stahl schien die Absicht zu merken und wurde nicht verstimmt, sondern sehr mitteilsam. Er berichtete sehr ausführlich über seine Gesundheit, und daß er zweimal die Masern gehabt hätte. Und daß Frau Päpke sich nicht um die kranken kleinen Töchter des Doktors gekümmert habe, bis es zu spät gewesen sei.

Diese Frau kann ich nicht leiden, setzte der alte Herr hinzu, und wie mir, so geht es vielen Patienten. Besonders denen, die ihr kein Trinkgeld geben. Ja, wenn der Doktor alles wüßte, er würde sie wohl aus dem Hause werfen. Aber er weiß es nicht, und sie ist sehr süß mit ihm.

Als mich Herr Stahl verlassen hatte, ging ich in unserm Garten hin und her und sah den Weg entlang, den die kleinen Rolands so oft gelaufen waren. Nun werden Minchen und Stinchen niemals mehr kommen und ihre Geschichten erzählen, und Minchen hat gut daran getan, sich nicht mit Lernen die Kinderzeit zu verderben.

Ich setzte mich in meine Rosenlaube und atmete den feinen Duft ein. Hier hat die arme kleine Rosa gesessen und viele Rosenblätter abgerissen; nun ist sie selbst ein armes, verwehtes Blatt, die keine Lücke hinterläßt. Sie war Freds Schülerliebe, und ich habe sie beneidet.

Hinter der Hecke klangen Stimmen.

Ach ja, hier wohnt Frau Professor Weinberg. Ich habe sie noch als Anneli Pankow gekannt. Sie war hochmütig und verwöhnt, obgleich sie zu beidem keinen Grund hatte. Sie ist von ganz armer Herkunft, und wenn Herr Doktor Roland sie nicht aus dem Wasser gezogen hätte, dann würde sie nicht so stolz durch die Straßen wandern. Und undankbar ist sie auch; sie wollte sich nicht einmal ein wenig der kleinen Mädchen annehmen, obgleich sie doch nichts zu tun hat. Frau Doktor Roland hat sich genug darüber gewundert, und vielleicht ist sie nachher so krank geworden, obgleich ich sie treu genug gepflegt habe. Ja, Herr Professor, ich bin treu, ich habe es schon oft bewiesen. Meine zwei verstorbnen Männer sagten es auch –

Ich glaube es Ihnen, sagte eine lachende Stimme, und es war mir, als hörte ich einen Kuß. Vorsichtig lugte ich durch die Hecke. War das Professor Müller, der neben Frau Päpke ging? Aber ich vermochte nicht sein Gesicht zu sehen.

Als ich wieder das Haus betrat, war Herr Külpe dagewesen, um mich zu sprechen, und das Dienstmädchen hatte gemeint, ich wäre ausgegangen. Es tat mir leid, ihn verfehlt zu haben, aber ich konnte mir nicht denken, was er eigentlich von mir wollte. Seitdem er verlobt ist, hat er nicht mehr bei uns gegessen. Ich habe gehört, daß er jetzt zwei Anzüge hat und allmählich in bessere Verhältnisse kommen wird. Ich hoffe, daß er dann auch von den Drehers wegziehn wird, den Anton Dreher kann ich nicht leiden.

Ich habe heute an die alte Frau Roland geschrieben. Sie wird sich meiner kaum noch entsinnen, vielleicht aber weiß sie noch, daß ihr Sohn mir einst das Leben rettete, und daß ich ihm dafür ewige Dankbarkeit schulde. Wenn man weiter zieht auf der Lebensstraße, dann weiß man allerdings nicht, ob es nicht besser ist, jung zu sterben und aller Sorge und Pein aus dem Wege zu gehn. Aber dieser Gedanke ist wohl eine Feigheit, und man muß tapfer sein, solange uns die Sonne scheint.

Die Sonne scheint warm in diesen Tagen. Eine rechte August- und Feriensonne, bei deren Schein Bärenburg langsam einschläft. Der Student ist verschwunden, der Professor hat auch sein Bündel geschnürt, und nur einige Nachzügler, zu denen wir gehören, wissen noch nicht, was sie tun sollen. Von Falkenhorst ist eine dringende Einladung gekommen, und Harald schreibt von dort her zufriedne Briefe. Aber Walter möchte noch etwas arbeiten, seine neuen Vorträge beschäftigen ihn, und die ersten bedürfen der Korrektur. Professor Müller hat ihm geschrieben und ihn sehr liebenswürdig auf einige Irrtümer aufmerksam gemacht. Dieser Herr ist von den Monreals aufgefordert, einige Wochen auf ihrem Schloß in Thüringen zuzubringen. Es gibt dort noch mehr Schätze im Archiv, die der Prüfung warten. Ich habe von Bodild keinen Abschied nehmen können, der Masern wegen, und sie ist niemals eine große Briefschreiberin gewesen. So weiß ich also nicht, was sie mit dem Professor Müller vorhat. Gibt sie ihm ein vergiftetes Zuckerplätzchen, oder hat sie ihre Äußerung ganz vergessen? Ich glaube es. Vornehme Leute haben oft ein schlechtes Gedächtnis.

Heute war ich mit Walter lange spazieren. Das Wetter war herrlich, und der Wald, der sonst widerhallt von Gesang und Gelächter der Studenten, einsam und leer. Als wir langsam durch die hohen Stämme wanderten und das leise zittrige Licht der Sonnenstrahlen mit den Augen verfolgten, erzählte ich Walter, daß ich an die alte Frau Roland geschrieben und sie gebeten hätte, mich auf einige Tage zu besuchen.

Ich mußte es tun, setzte ich hinzu. Eigentlich soll man sich niemals in die Angelegenheiten andrer mischen; ich weiß es wohl. Aber in diesem Fall, wo Roland seinem Verderben entgegenzugehn scheint, muß ich mich wirklich des Umstandes entsinnen, daß er mich einst aus dem Wasser zog. Jetzt sitzt er bis an den Hals darin, und niemand ist da, der ihm die Hand zur Hilfe reicht.

Ich hatte mich in Eifer geredet, und mein Mann lächelte ein wenig. Aber der Tod der kleinen Mädchen hat ihn selbst so sehr erschüttert, daß er geneigt ist, mir manchen schnellen Entschluß zu verzeihen. Er ist ja immer gut zu mir, manchmal gewiß zu gut.

Hat Frau Roland nicht Hüte und Mützen verfertigt? fragte er, und ich bejahte.

Allerdings, sie hat ihren Jungen mit ihrer Hände Arbeit durchgebracht, und zwar ganz allein. Sie ist nie verheiratet gewesen, und Freds Vater hat sie sitzen lassen.

Und wer war dieser Vater?

Ich weiß es nicht; das ist jetzt ja auch einerlei.

Die Geschichte ist eigentlich nichts für dich, Anneli. Besonders die Einladung –

Mein guter Mann machte ein klägliches Gesicht, und ich empfand Mitleid mit seiner Hilflosigkeit.

Walterchen, im ganzen stimme ich dir bei. Es ist natürlich nichts für eine Professorenfrau, wenn sie Besuch erhält von jemand, die nicht ihres Standes ist, und die sich dazu eines Vergehens gegen die allgemein geltenden Auffassungen schuldig gemacht hat. Aber muß man nicht von Fall zu Fall entscheiden, und willst du nicht daran denken, daß diese Frau immer sehr gut gegen mich war, als ich klein war und oft so schrecklich einsam? Und darf ich ihr nicht eine kleine Freundlichkeit erweisen? Sieh einmal, sie hat ihren Sohn solange nicht gesehen, und ihre Schwiegertochter ist nie nett mit ihr gewesen. Die kleinen Enkelinnen sind gestorben, ohne daß sie jemals Freude an ihnen gehabt hat, und Frau Rosa ist jetzt im Sanatorium. Ist das nicht hart? Und sie hat ihren Sohn so über alle Maßen geliebt und für ihn gesorgt und manche Demütigung geschluckt: ist es da nicht ein Verlangen der Gerechtigkeit, wenn ich sie bitte, sich die Arbeit ihres Sohnes einmal aus der Nähe zu betrachten? Fred muß sich doch auch freuen, seine Mutter wiederzusehen, und in der Klinik braucht man ihren Besuch nicht zu erfahren.

Ich hatte mich in Eifer geredet, und Walter erwiderte nichts mehr. Wenn er es getan hätte, würde ich noch gesagt haben, daß wir, die wir glücklich sind, die Verpflichtung haben, andern von unserm Glück mitzuteilen. Aber ich kam nicht mehr dazu.

Als wir heimkehrten, war Herr Külpe wieder dagewesen. Was wollte er nur? Ich fragte es ziemlich ungeduldig, und Walter versprach mir, gleich am nächsten Morgen zu ihm zu gehen und ihn nach seinem Begehr zu fragen.

Am andern Morgen kam Walter nicht zu seinem Besuch bei Herrn Külpe, und ich erhielt ein Telegramm von der alten Frau Roland, daß sie meine gütige Einladung, auf einige Tage zu ihr zu kommen, mit herzlichem Dank annehmen würde. Ich freute mich, und ich freute mich wieder nicht. Habe ich recht gehandelt, oder mische ich mich in Angelegenheiten, die mich nichts angehn? Zum Nachdenken hatte ich keine Zeit. Onkel Willi erschien mit seiner Miß Mason, um Abschied zu nehmen. Er zieht schon in den nächsten Tagen auf sein Schloß, freut sich wie ein Kind auf die bekannten Stätten und lud mich dringend ein, ihn zu besuchen. Heute wollte er mit mir eine Ausfahrt nach einer alten Ruine machen, von der er viel gehört hat, und die ungefähr eine Tagesfahrt von hier entfernt liegt. Ich hatte immer Lust, einmal das alte Gemäuer zu sehen, bin aber niemals dazu gekommen, und Walter riet mir sehr zu, die Einladung anzunehmen.

Der Tag war herrlich. Als wir im Wagen saßen, und Onkel Willi in seiner mir so gut bekannten träumerischen Art zu sprechen begann, da konnte ich mir einbilden, noch ganz jung zu sein. Und war ich es nicht? Walter spricht manchmal davon, daß der Herbst für ihn kommt; er fängt auch an, grau zu werden. Aber in mir spüre ich noch den Sommer, besonders an einem Tage wie heute, wo die ganze Welt in Sonnenglanz getaucht liegt.

Die Ruine war schön. Altes Gemäuer, alte Bäume, die im Schloßhof stehn. Hier ist auch noch ein alter, leerer Brunnen, und wenn man in ihn blickt, sieht man tief, tief unten sein Schicksal. Ich habe nichts gesehen.

Es war spät, als wir heimkehrten, und ich von dem Onkel vor unsrer Tür abgesetzt wurde. Walter erwartete mich an der Haustür, und es fiel mir auf, daß seine Stimme nicht so herzlich klang wie sonst. Er war auch sehr blaß.

Was hast du? fragte ich, als wir zusammen im Eßzimmer standen, wo mir das Mädchen Brot und Milch hingestellt hatte.

Er machte eine abwehrende Bewegung.

Laß das Fragen. Morgen will ich dir berichten, daß ich einen Verdruß gehabt habe.

In diesem Augenblick klingelte es an der Haustür, und der Bote brachte eine Depesche. Ich riß sie auf; denn Depeschen machen mich immer erregt.

Ist Harald bei euch? Seit heute früh suchen wir ihn vergebens. Ich starrte noch auf die Worte, als mir Walter das Blatt aus der Hand nahm und es ebenfalls las.

Ich fürchtete es schon, sagte er für sich.

Was ist geschehen?

Meine Stimme klang mir selbst fremd, und als Walter meine Hand faßte, entzog ich sie ihm. Da drückte er mich sachte in einen Stuhl.

Es ist geschehen, daß sich Harald im Verein mit seinem Schulkameraden Dreher seit einem Jahre wohl schon die Aufgaben, die er haben sollte, vor allem die Extemporale, von Herrn Külpes Schreibtisch genommen und niemals ordentlich gearbeitet, sondern eigentlich nur abgeschrieben hat. In den letzten Tagen ist die Geschichte herausgekommen, und zwar durch Dreher, der schließlich mit einem Schlüssel an des Lehrers Pult gegangen ist. Herr Külpe ist gleich bei dir gewesen, um dir die Sache mitzuteilen; er hat dich zweimal nicht getroffen. Heute nachmittag war ich bei ihm, und er berichtete mir alles. Er ist sehr geschlagen, weil er sich selbst beschuldigt, nicht immer alle seine Papiere verschlossen zu haben, und weil er hätte merken müssen, daß die Drehers ihn deswegen so billig im Hause hatten, weil sie auf diese Art hofften, ihren Jungen durch die Klasse zu bringen. Als ob er sein ganzes Leben nur abzuschreiben brauchte.

Walter sprach ganz ruhig. Dabei hielt er meine Hand und streichelte sie leise.

Du sollst es dir nicht so schwer zu Herzen nehmen, Anneli. Harald ist verführt worden, und ich selbst schreibe mir einen großen Teil der Schuld zu. Ich habe zuviel Wert darauf gelegt, daß er im Lateinischen vorwärts käme, und ihn auch wohl einmal angefahren, wenn er es nicht tat. Wir müssen versuchen – –

Ich unterbrach ihn. Harald hat mich ein ganzes Jahr belogen, mein eigner Junge, dem ich immer sagte, daß ich die Lügner verachtete? Er konnte das übers Herz bringen?

Walter nahm das Telegramm und hielt es mir unter die Augen.

Dreher wird ihn benachrichtigt haben, daß alles entdeckt ist. Wohin ist er gelaufen?

Ja, wohin war mein Junge, mein Stolz und meine Freude, der Lügner und Betrüger, gelaufen? Ich schrie laut auf und wäre hingefallen, wenn mich Walter nicht gehalten hätte. Das war das Ende dieses Tages.

Aber der Tag ist doch noch barmherziger als die Nacht mit ihren raunenden Stimmen. Ich wanderte ruhelos durch die Räume meines Hauses und horchte auf den Wind, der die Bäume rauschen machte. Hin und wieder flatterte ein Vogel vom Neste, oder ein Käuzchen klagte leise. Ich horchte auf alles, und dann stieg die Kindheit vor mir auf. Ich erlebte noch einmal die Nacht, da meine Kindheitsgenossin Christel von mir ging, um nie wieder zu kommen. Sie hatte Torheiten begangen, und sie fürchtete die Strafe, sodaß sie den Tod suchte und fand. An ihrem Grabkreuz hatte ich gestanden und hatte gebetet: Lieber Jesu, bleib bei mir, sei du meines Lebens Zier. Steh mir bei im Erdenleide bis zur ew'gen Himmelsfreude.

Ich faltete die Hände und flüsterte die Worte vor mich hin. Lange, lange dachte ich nicht ihrer. Ach, man vergißt so vieles.

Eine warme, kleine Zunge leckte mir plötzlich die Hand, und ein dicker kleiner Körper drückte sich neben mich. Es war Haralds Hund, der in der Küche sein Dasein fristet. In aller dieser Zeit habe ich ihn kaum gesehen und nicht an ihn gedacht. Nun ist er plötzlich da, und ich nehme ihn auf den Schoß und horche weiter auf die raunenden Stimmen.

Früh am Morgen kam Bernd. Walter hatte ihm noch gestern spät telegraphiert, und er wollte uns melden, daß er schon in der ganzen Provinz nach Harald suchen ließe. Er war sehr erregt und sprach unausgesetzt. Nach seiner Ansicht konnte Harald nicht weit gelaufen sein und würde sicher bald wieder zum Vorschein kommen. Etwas Geld hatte er allerdings, neulich hatte er ihm einmal zwanzig Mark gegeben. Ob er Briefe erhalten habe? Schon möglich, er war dem Briefboten jeden Morgen entgegengegangen. Niemand hatte sich darüber gewundert; er erhielt doch fast täglich Briefe von seinen Eltern. Ob er in der letzten Zeit still gewesen war? Bernd konnte es natürlich nicht sagen. Erwachsne Männer haben andres zu tun, als sich um die Stimmungen kleiner Knaben zu bekümmern. Während Bernd noch sprach, erhielt er ein Telegramm mit der Meldung, daß ein junger Arbeiter, den sein Gärtner beschäftigte, ebenfalls gesucht würde. Das war ein Abenteurer, von dem man nichts wußte, als daß er schon in aller Herren Ländern gewesen war. Mit ihm war Harald wahrscheinlich gegangen.

Herr Külpe kam und brachte Anton Dreher mit, den Anstifter des ganzen Elends und ein kleiner Junge mit blassem Gesicht und falschen Augen. Einer von denen, die nur klug in der Sünde sind und sonst dumm. Aus ihm war nichts mehr herauszubringen, als er schon gestanden hatte. Er und Harald hatten sich die fertigen Extemporale abgeschrieben und auch sonst versucht, sich durch allerhand Gaunereien das Lernen leicht zu machen. Es war mir auch, als könnten noch andre Knaben an der Geschichte beteiligt sein; aber ich hütete mich zu fragen. Die armen Mütter müssen zu sehr leiden. Herr Külpe sagte mir, daß die Familie Dreher nicht so sehr ergriffen von der Schlechtigkeit ihres Sohnes wäre. Nach ihrer Ansicht sind alle Mittel gut, sofern man es nur leicht zu etwas bringt, und der Junge gab ruhig zu, an Harald geschrieben zu haben, daß alles entdeckt wäre.

Und die Strafe? erkundigte ich mich bei Herrn Külpe mit trocknen Lippen. Der arme kleine Mensch wird blutrot und murmelt etwas von Relegation. Also wenn mein Junge noch lebt, dann darf er hier nicht mehr stolz sein Haupt erheben. Wenn er noch lebt. Ist es auch nicht besser –

Ich zittre vor dem Gedanken, der mich durchzuckt, und ich stehe Gott an, mir zu verzeihen. Nein, ich will mein Kind suchen, will es an mein Herz nehmen und versuchen, mit ihm die Schmach zu tragen. Aber wo soll ich ihn suchen?

Daß eine Frau mit grauem Haar vor mir steht und leise mit mir spricht, merke ich nur ganz allmählich und dann auch nur halb im Traum. Es ist Frau Roland, die mir dankt, daß sie kommen durfte. Sie will sich nicht in das Haus ihres Sohnes drängen, der sich fern von ihr gehalten hat, aber sie möchte schon so lange ihren Sohn sehen und vielleicht einige Worte mit ihm sprechen. Sie klagt nicht, daß es so gekommen ist, und daß Fred kaum mehr ihr Sohn ist. Wenn die Kinder groß werden, dann gehn sie ihre eignen Wege, und sie hat es gewußt, daß sie immer bescheiden im Hintergrunde stehn müßte. Denn wenn man seinem stolzen Sohne nur den Mutternamen zu geben hat, und dann das Leben kommt mit seinen grausamen Fragen, wenn sich die Schwiegertochter schämt, dann ist es besser, allein zu bleiben und niemand beschwerlich zu fallen. Besonders wenn das Glück kommt, und der Sohn sich einen klingenden Namen macht, was soll er dann mit seiner Mutter, an der ein Makel klebt? Aber jetzt ist Frau Roland doch unruhig geworden, und dann ist auch in ihr stilles Stübchen das hämische Gerücht gedrungen, daß Doktor Eisenbart wohl andern helfen könnte, aber nicht seiner eignen Familie. Und dann kam meine Einladung.

Ich höre alles wie im Traum. Es gibt viele Mutterschmerzen, ich weiß es. Aber mein Schmerz ist doch der schlimmste. Dennoch horche ich auf die leise Stimme und sehe mich nach ihr um, als sie plötzlich schweigt. Im Nebenzimmer steht mein Mann und sieht mich traurig an. Er ist blaß, und ich müßte ihm ein gutes Wort sagen. Aber ich kann es nicht. Er soll mir meinen Jungen wiedergeben. Er hat ihn mir genommen. Was sollte er soviel lernen?

Bleiern vergehn die Stunden. Bernd hat sich mit so vielen Polizeibehörden in Verbindung gesetzt, daß er fast jede Stunde ein Telegramm erhält. Walter studiert Fahrpläne, läuft hier auf die Polizei, ohne etwas zu erreichen, und Dolly hat ebenfalls zweimal eine Depesche gesandt, einmal, daß eine Spur gefunden, nach einer Stunde, daß sie falsch gewesen wäre.

Sie sagen mir, daß ich mich ruhig halten soll. So sitze ich also auf dem Sofa, halte Haralds Hund auf dem Schoß und wundre mich, noch zu leben. Und dann steht Frau Roland wieder vor mir, und an der Hand hält sie das kleine Stinchen, die Überlebende der drei. Stinchen hat ja nie viel gesprochen, und ich kenne sie kaum. Jetzt hat sie ein reines Gesicht und glattgekämmte Haare. Sie drückt sich an die Großmutter, und diese spricht ihr mit ihrer leisen Stimme zu.

Willst du Tante Anneli nicht sagen, was Minchen dir erzählte, als sie noch bei dir war? Was sagte sie, daß Harald wollte?

Einen Augenblick zögerte die Kleine. Dann beginnt sie in ihrer langsamen Art zu sprechen.

Minchen sagte, Harald sagte, wenn es herauskäme, dann ginge er zur Frau Bäckermeisterin.

Ich bin noch mit dem Nachtzug nach Birneburg gefahren.

Es ist eine lange Fahrt. Vierzehn Stunden mit der Eisenbahn, und dann noch drei Stunden mit der Post. Walter wollte mir die Reise abnehmen, aber ich lehnte heftig ab. Es ist mein Junge, und ich will ihn mir wieder holen.

Es war spät am andern Nachmittag, als ich in Birneburg anlangte. Die Reise war heiß gewesen, und der Aufenthalt im Postwagen schrecklich. Jetzt lag eine Wolke von Staub und Hitze über der kleinen Stadt, und die Berge waren im Dunst; aber ich sah mich nicht um. Als ich ausgestiegen war, ging ich die enge Gasse hinunter, die ich zuletzt mit meinem Jungen gewandert war. Verträumt und in Erinnerungen schwelgend. Jetzt hatte mich die harte Wirklichkeit gepackt. Wer einen Sohn zu behüten hat, der darf nicht träumen.

Der Laden duftete nach dem warmen Brot, und ein dicker Mann schob die frischen Brötchen auf eine Platte. Ich kannte ihn nicht und fragte hastig nach der Frau Bäckermeisterin. Er sah mich ernsthaft an.

Sie ist gestern auf den Kirchhof gebracht worden. Ich bin der Schwager. Der Mann ist auch krank. Es ist das Typhusfieber.

Langsam ging ich die Gasse wieder hinunter. Die Abendglocken läuteten, und auf der Straße lachten die Kinder. Von den Bergen kam ein kühler Hauch und glitt mir ums Haupt. Der Kirchhof, das war das Ende von uns allen. Hatte ich es ganz vergessen; obgleich es so gut war zu wissen? Ruht man nicht still in der weichen Erde und hört wie im Traum über sich die Vogel singen? oder man sieht große Herrlichkeit, die sich auf Erden nicht verstehn, nicht beschreiben läßt. Und alles, was schwer war, ist leicht geworden. Daß man einst weinte, ist vergessen über der großen Freude.

Hoch ragte der Gekreuzigte über den Kirchhof. Er streckte seine Arme aus und lächelte sein ernsthaftes Lächeln. Denn es ist eine ernsthafte Sache um den Tod; ein Abschied von allem, was wir bis dahin liebten, und was wir armen Erdenmenschen kannten. Wir haben gepflanzt, gesät, wir haben die Sonne kennen gelernt und den Regen; jetzt reift die Frucht, sind wir bereit, geerntet zu werden?

Mit müden Füßen gehe ich weiter und will die Frau Bäckermeisterin besuchen, die jetzt so still und friedlich in der Erde ruht. Ich will ihr sagen, daß ich sie niemals vergessen werde, daß ich sie bitte, für mich an dem Throne zu beten, wo alle Tränen versiegen, die wir weinten. Ich will sie bitten, in ihrer Freude meiner zu gedenken, wie sie schon einmal gut gegen mich war. Aber bevor ich zu ihr gehe, schleiche ich mich auf den verwilderten kleinen Friedhof, auf dem Anneli und Harald Pankow ausruhen, wo die wilden Rosen ebenso reich blühen wie anderswo, wohin der Gekreuzigte ebenso milde lächelt wie über den Friedhof der Stolzen.

Die Pforte steht offen, und zwei Meisen flattern mit Gejubel vor mir her. Freuen sie sich, daß auch hierher ein Menschlein kommt, um seine Bürde niederzulegen bei den Toten? Oder wollen sie mir sagen, daß sie hier ebenso schön singen wollen wie auf dem Grabe der Frau Bäckermeisterin? Ich weiß es nicht, ich denke nichts mehr. Auf dem wilden Grabe meiner Eltern liegt ein Knabe im tiefen Schlaf. Er ist verstaubt und schmutzig. Und er hat sein Gesicht in die hohen kühlen Kirchhofsgräser gesteckt. Aber ich kenne ihn doch; ich kniee neben ihm nieder und lege seinen blonden Kopf in meinen Schoß. Bei den Toten habe ich den Lebenden wiedergefunden.

Und es ist mir, als hörte ich die Stimme der Frau Bäckermeisterin:

Der Herrgott und der Heiland nehmen alle Sünd weg!

Nun sind wir wieder daheim, und das Nachhausekommen ist nicht leicht. Weder für Harald noch für mich. Nach großem Leid ist das Leben doppelt nüchtern, und was man einst nicht spürte, tut heute weh. Ich muß noch oft mit Herrn Külpe verhandeln und wieder hören, daß Harald unehrlich handelte. Es ist schwer, auf die Straße zu gehen und bekannte Gesichter zu sehen. Ich war eine stolze Mutter, nun bin ich fein demütig geworden.

Walter hilft mir nicht viel. Er hat Korrekturen zu lesen, und ich sehe ihn wenig. Seine Vorträge kommen schnell heraus; der Verleger hat plötzlich Eile mit ihnen. Es ist ein Glück, daß Frau Roland hier ist; in ihrer ruhigen, stillen Art waltet sie im Hause und weiß mit Harald so gütig zu sprechen, daß er seinen scheuen Ausdruck verliert. Über ihn ist ein Sturm dahingegangen, und sobald wird er seine Wanderung in die Eifel nicht vergessen. Der junge Arbeiter, der ihn zum Mitgehen verlockte, stahl ihm seine kleine Barschaft, daß er betteln mußte, um weiter zu kommen, und als er sich endlich bis zur Frau Bäckermeisterin hingequält hatte, kam ihm ihr Sarg entgegen.

Lebensschule! sagt Frau Roland, mit der ich von diesen Dingen spreche. Mit ihr kann ich sprechen, weil ich weiß, daß sie viele Schmerzen hatte und noch hat.

Lebensschule! wiederholte sie. Man lernt sie nie aus. Über ihr Gesicht geht ein ernsthaftes Lächeln, und ich muß daran denken, daß sie ihren Sohn nur flüchtig gesehen hat. Frau Päpke weiß sie von ihm fernzuhalten. Wie sie es anstellt, den Doktor so zu regieren, ist ihr Geheimnis; er soll sie in allen Stücken zu Rate ziehen. Er muß ja auch jemand haben, der ihm die Wirtschaft führt. Seine Praxis hat abgenommen, da bemüht er sich, das Verlorne wiederzugewinnen. Aber wer so schnell stieg, mit dem kann es auch schnell wieder bergab gehen, und in einigen wissenschaftlichen Zeitungen sollen scharfe Angriffe auf Freds Heilmethode stehn. Die Magnifika hats mir berichtet. Sie ist nicht mehr besorgt über die Klinik am Schwanenwege. Die Menschen in Bärenburg haben viel Stoff zum Sprechen, auch wir liefern ihnen einigen; und als ich kürzlich Herrn Professor Müller begegnete, grüßte er mit einer Art Mitleid. In einer gelehrten Zeitschrift habe ich kürzlich gelesen, daß der bekannte Gelehrte eine alte, lange verlorne Handschrift wiedergefunden habe und sie nächstens herausgeben würde. Eine alte Handschrift. Hat er sie in dem Archiv des Fürsten Monreal gefunden, dann sollte er sich hüten. Bodild liebte immer Scherze, auch wenn sie etwas grausam waren.

Aber ich habe wenig Zeit, an solche Dinge zu denken. Onkel Willi ist abgereist, und Frau Lona Päpke erschien bei mir, um einiges zu bringen, das er vergessen hatte. Sie trug ein weißes Kleid, und ihre dunkeln Augen lächelten schadenfroh. Aber sie sagte mir, daß alle Leute großes Mitleid mit mir hätten. Es müßte auch schrecklich sein, wenn die Kinder sich so schlecht wie Harald benähmen. Die ganze Stadt spräche davon, und daß ich wohl nicht strenge genug gewesen wäre.

Ich erwiderte nichts, und Lona begann über die Rolandschen Kinder zu seufzen, die so früh hätten sterben müssen. Aber sie wären jetzt gut aufgehoben, und ihre Mutter wäre unheilbar krank. Und dann die alte Frau Roland. Die ganze Stadt habe sich gewundert, daß ich sie bei mir aufgenommen hätte. Sie wäre nun einmal nicht verheiratet gewesen, und die junge Frau Roland hätte sich immer ihrer geschämt, was man ihr nicht verdenken könnte. Ich wollte eine sehr scharfe Antwort geben, da ging die Tür auf, und Herr Professor Müller trat ein, der sich nach meinem Befinden erkundigen wollte. Aber er wartete die Antwort nicht ab und sah lächelnd in die herausfordernden Augen meiner Besucherin. Sie hatten sich allerlei zu erzählen, und Lona versteckte ihre Zunge voll Gift und träufelte etwas Honigseim darauf. Zusammen sind sie dann weggegangen, und ich hoffe, daß sich die zwei für immer finden werden.

Die Schulferien gehen zu Ende. Man spricht davon, daß Herr Külpe strafversetzt werden soll, weil er so schlecht auf seine Arbeiten aufgepaßt hat, und heiraten wird er sobald nicht können. Daher kommt es, daß meine kleine Schneiderin, die mir kürzlich über den Weg lief, nicht recht wußte, ob sie freundlich wie sonst grüßen sollte. Sie ist so stolz auf die Verwandtschaft mit einem wirklichen Gymnasiallehrer gewesen; aber Hochmut kommt vor den Fall. Auch ich bin einmal stolz gewesen und liege jetzt am Boden.

Was mit Harald wird, wissen wir noch nicht. Wenn wir ihn vom hiesigen Gymnasium wegnehmen, soll von einer Relegation abgesehen werden. Ich kann noch nicht über die Sache sprechen, und Walter auch nicht. Schweigend gehen wir nebeneinander her, und jeder hat Furcht vor dem andern. Heute brachte mir Harald einen großen Strauß von reifen Brombeeren.

Mutterlieb, willst du sie nicht haben? Ich habe sie für dich gepflückt.

Ernsthaft sah ich in sein Gesicht. Es ist klein und blaß geworden, und seine Augen haben ihren schimmernden Glanz verloren.

Plötzlich faßt er mich um und bricht in Weinen aus.

Mutterlieb, willst du mich nie, niemals wieder etwas lieb haben? Ach, wenn ich doch tot wäre wie Minchen Roland!

Da hielt ich meinen Jungen in den Armen, weinte mit ihm und suchte ihn zu trösten. Er ist noch zu jung für die Feuer der Trübsal, und das Leid der Welt kann er nicht tragen. Am Abend habe ich wieder mit ihm gebetet: Liebster Jesu, bleib bei mir – ach er ist nicht immer bei ihm geblieben.

Frau Roland rät, daß Harald auf das Gymnasium ihrer kleinen Stadt geschickt werde, derselben Stadt, durch deren Gassen ich leichten Herzens gelaufen bin, und wo Fred Roland seine ersten Erfolge errang. Mit Walter sprach ich noch nicht über den Gedanken; ich muß mich erst an ihn gewöhnen. Ich bewundre Frau Roland. Sie ist immer freundlich, fast heiter, sucht meinen Jungen auf fröhliche Gedanken zu bringen und muß doch selbst immer im Schatten stehn. Erst ist es die Schwiegertochter gewesen, die zwischen Fred und ihr stand, nun verdrängt Frau Päpke sie aus dem Herzen des Sohnes. Fred arbeitet wie wahnsinnig, um seine Klinik auf der Höhe zu halten, aber die Kranken werden immer weniger. Die Amerikaner sind abgereist, und die vornehmen Herrschaften gehn wieder zum Geheimen Medizinalrat, der laut über Überbürdung klagt. Fred hat allerhand Totengräber, die jetzt eifrig an der Arbeit sind. Sein Erfolg war zu groß, zu schnell, nun muß er ihn bezahlen, und daher kommt es auch wohl, daß er seine Mutter fast niemals besucht. Aber er schickt ihr das kleine Stinchen, und die arme Nachgebliebne hockt mit Harald zusammen, und beide trösten sich mit Frau Roland über den Umstand, daß die Welt nichts von ihnen wissen will.

Heute hat mich Bernd besucht. Er und Dolly wünschen dringend, daß wir alle nach Falkenhorst kommen. Harald soll einen Hauslehrer erhalten und nicht wieder aufs Gymnasium. Bernd ist rührend in seiner Güte, aber ich werde keinen Gebrauch davon machen. Harald muß sich in der Schule durcharbeiten; er ist kein Junker, dem das Lernen leicht gemacht werden soll, sondern ein armer Professorensohn.

Anneli, sei nicht so schroff, sagte mein Vetter, nachdem ich seinen Vorschlag abgelehnt hatte. Ehemals warest du nicht so, sondern ließest mit dir reden. Man soll niemals übertreiben, auch in der Strenge nicht. Harald hat uns allen Sorge gemacht, aber er ist noch ein Kind und wird sich ganz gewiß bessern. Denke doch, was ich für Dummheiten gemacht habe, als ich viel größer als Harald war! Dolly will mich ja kaum nach Bärenburg lassen, weil hier die gefährliche Lona Hellmund haust, die durchaus meine Frau werden wollte. Wenn ich daran noch denke, dann kann mir heiß und kalt werden.

Er wollte noch weiter sprechen, da ging die Haustür, und Fred Rolands Stimme fragte nach mir. Dann trat er ins Zimmer und sah weder nach rechts noch nach links.

Anneli, ist es wahr, daß ich einen schlechten Ruf habe? Daß die Leute über mich reden, als wäre ich ein Frauenverführer, und daß meine Klinik leer wird, weil niemand sich mehr mir anvertrauen will?

Ich war zu erstaunt, um gleich zu antworten, da trat er hart mit dem Fuß auf.

Anneli, Sie dürfen nicht schweigen. Wir sind zusammen Kinder gewesen, fröhlich und ohne Sorgen, und ich habe Ihnen einmal das Leben gerettet. Das war nichts Großes, und wenn Rosa Ihnen diese Rettung anschrieb wie ein Verdienst von mir, so ist sie damals wohl schon krank gewesen. Aber ich hoffe, daß Sie den Mut finden, mir die Wahrheit zu sagen.

Er merkte nicht, daß Bernd leise das Zimmer verließ, und daß seine Mutter eintrat: er sah nur in mein Gesicht. Und ich begann zu sprechen:

Ich will Ihnen die Wahrheit sagen, obgleich die Wahrheit nicht immer angenehm zu hören ist. Sie sind hierher gekommen, und der Erfolg hat Ihnen gelächelt. Da sind Sie schwindlig geworden und haben Ihre Kinder vergessen und auch Ihre Frau. Zum Nachdenken nahmen Sie sich keine Zeit: daher ist es gekommen, daß Lona Hellmund, verheiratete Päpke, bei Ihnen regierte. Aber ihre Regierung ist sehr schlecht gewesen.

Ich hielt einen Augenblick inne, da trat Fred wieder mit dem Fuß auf.

Weiter, Anneli Pankow!

Ich wurde zornig.

Weshalb haben Sie Ihre Mutter so vernachlässigt? Wer hat Ihnen solche Liebe gezeigt wie sie, und wie war es möglich, daß Sie sich ihrer zu schämen schienen?

Ich habe mich niemals ihrer geschämt, begann Fred, es war nur – er sah jetzt seine Mutter stehn, die ihn mit Augen voll Liebe betrachtete. Da stieß er einen Laut aus, der wie ein Schluchzen klang, und fiel in ihre geöffneten Anne. So also hat Fred Roland in der Trübsal seine Mutter wiedergefunden. Sie nahm ihn auf mit Freuden, und ich bin still davongegangen.

Am Abend berichtete mir Bernd, was Fred in so starke Aufregung versetzt hatte. Mein Vetter hatte in der Goldnen Gans einen Bekannten getroffen, der ein Patient Doktor Rolands war, aber die Klinik verlassen hatte, weil das Benehmen der Päpke zu unverschämt geworden war. Sie hatte sich als Herrin gebärdet und Andeutungen gemacht, daß sich der Doktor von seiner kranken Frau scheiden lassen wolle, um sie zu heiraten. Dem Doktor war diese Äußerung sofort hinterbracht worden, und er hatte Frau Päpke zur Rede gestellt. Da war sie auch gegen ihn unverschämt geworden und hatte behauptet, daß er ihr schon lange die Ehe versprochen und ihren Ruf verdorben habe.

Er antwortete mit der Aufforderung, sein Haus zu verlassen, was sie auch tat, aber erst nachdem sie in eine Flut von Schmähungen ausgebrochen war, die das ganze Haus hörte. Von vielen Dingen hatte sie gesprochen, von den Kindern, die der Doktor hatte sterben lassen, von der Frau, die er verkehrt behandelt habe, von den Kranken, die alle verkommen wären, hätte sie sich ihrer nicht angenommen. Jetzt wohnte sie auch in der Goldnen Gans, und es gab Menschen, die in ihr ein armes, verfolgtes Weib sahen und über Doktor Roland sehr hart sprachen.

Mein Vetter war ganz erschüttert.

Anneli, wenn ich die geheiratet hätte! Welcher Gefahr bin ich entgangen!

Ich mußte lächeln. Die Gefahr war nicht groß. Dein Vater lebte noch!

Bernd seufzte. Ach, wie sind die Eltern uns so bitter notwendig! Und dann verlassen sie uns doch und lassen uns mit dem Leben kämpfen. Fred kann sich glücklich schätzen, daß er seine Mutter noch hat. Im ganzen ist er doch auch ein guter Kerl. Etwas hochfahrend war er ja immer, und der großartige Erfolg, den er hier fand, hat ihn verwöhnt. Die Frau soll einmal so ungezogen gegen seine Mutter gewesen sein, als sie eben mit Fred verheiratet war: seit der Zeit hat der Sohn die Zwei nicht wieder zusammenbringen wollen.

Es war vielleicht vorsichtig, aber doch verkehrt gehandelt. Die Mutter des Mannes muß seiner Frau heilig sein, und wer gegen dies Gesetz verstößt, den ereilt immer die Strafe.

Bernd war sehr ernsthaft geworden, und ich freute mich an seinem ehrlichen Gesicht und an seinen guten Augen. Mit seinem Urteil über Fred wird er wohl recht haben. Das ist einer von denen, die nur langsam reifen. Aber dann werden sie sehr gut. –

Frau Roland ist zu ihrem Sohn in die Klinik gegangen. Es gibt dort jetzt für sie eine Menge zu tun, und sie wird ihrem Sohn schon helfen, durchzukommen.

An diesem selben Tage erhielt ich einen Brief von Bodild. Sie schreibt von ihrem Schloß in Thüringen und ladet mich ein, sie zu besuchen.

Du wirst dann auch vielleicht deinen Freund, Professor Müller treffen, schreibt sie unter anderm. Er und ich sind sehr befreundet. Du warst immer so brav, kleine, liebe Anneli! Ich aber schnarre wie der bekannte Romanpapagei: Rache ist süß! Denn wer meiner Anneli zu nahe tritt, der bekommt es mit mir zu tun! Hieraus sehe ich, daß meine liebe Bodild dem Professor ein vergiftetes Zuckerplätzchen gegeben hat. Ist die Handschrift, die er herausgeben will, vielleicht gefälscht? Ich muß Walter fragen. Solche Rache wäre niemals nach seinem Geschmack.

Gestern schrieb ich so weit, da rief Walter nach mir, und ich ging zu ihm. An Walter habe ich in dieser Zeit so wenig gedacht; ich hatte zu viel mit mir und meinen Sorgen zu tun. Er war mir auch deswegen nicht böse und streckte mir jetzt lächelnd einen Brief entgegen.

Sieh! sagte er mit leuchtenden Augen, ließ mich aber nicht lesen und sprach hastig auf mich ein.

Der Brief ist von Theodor Mommsen, dem großen Philologen, der unser aller Meister ist. Er hat meine Vorträge gelesen und findet sie so gut, daß er sie lobend besprechen will. Ich habe ihm das Buch nicht geschickt, das würde ich niemals wagen. Er hat es von meinem Verleger erhalten, und was er sagt und tut, ist ganz aus sich selbst heraus.

Ach, Anneli, ich freue mich so sehr! Nun kann Professor Müller mir nichts mehr anhaben, und niemand wird meine Arbeit über die Achsel ansehen! Nun sollst du auch wieder heiter werden, Anneli, und nicht so ernsthafte Augen machen. Ich weiß, was dich quält, und auch ich habe schwer an Harald getragen, doch der Junge wird schon wieder ordentlich werden, und wir dürfen ihm nicht ewig zürnen.

Ich legte meine Wange an die seine.

Du Haft recht, Walter, wir dürfen nicht ewig zürnen. Doch das Verzeihen ist einem geliebten Kinde gegenüber oft so schwer.

Walter streichelte meine Hand, und dann begann er wieder von seinem Buch zu sprechen und von der großen Freude, die so unerwartet zu ihm gekommen war, gerade wie damals das Böse.

Er hatte sich in seinen Arbeitsstuhl gesetzt, und ich stand neben ihm, horchte auf seine liebe Stimme und grämte mich leise, daß ich in dieser Zeit so wenig an meine Pflichten als Frau gedacht hatte. Aber es sollte besser werden. Nicht allein Harald sollte meine Gedanken ausfüllen: Walter war der erste in meinem Herzen und sollte es bleiben. Mein Mann sprach noch immer. Von allerhand Plänen, die er ausführen wollte, daß nun vielleicht auch ein Ruf an eine andre Universität käme, und daß es gut für uns sein würde, Bärenburg zu verlassen. Seine Augen glänzten fast überirdisch, und dann griff er nach meiner Hand.

Anneli, ich habe dich lieb!

Seine Stimme klang etwas belegt, und ich küßte ihn.

Ich liebe dich auch, Walter, du weißt es!

Da lachte er leise auf und senkte den Kopf auf die Seite. Ganz unvermerkt war er von mir gegangen. In das Land ohne Schmerzen und ohne Sehnsucht. Dies habe ich ganz ruhig aufgeschrieben. Aber mein armes Herz ist dabei zu Stein geworden. Walter, du hast mich sehr allein gelassen.

Zweimal reiften schon wieder die Früchte, und die Luft ist angefüllt mit Korngeruch. Die Felder werden abgeerntet, und auf den Wegen, die zu der kleinen Stadt führen, schwanken die beladnen Wagen.

Ich stehe auf der Terrasse des alten Schlosses meiner Kindheit und sehe auf den weiten See unter mir, auf die Buchenwälder, die ihn umsäumen. Weiße Fäden schweben durch die Luft, und in der Luft schwatzen die frühen Wandervögel; aber die Sonne scheint noch warm, und Harald, der aus der Schule kommt, lacht schon von weitem. Das bedeutet, daß er eine gute Zensur heimbringt.

Ja, ich wohne in dem alten Schloß, in dem ich einen Teil meiner Kindheit verlebte, und unten liegt die kleine Stadt, durch deren Gassen ich meine Kindergedanken trug. Die Menschen sind sehr gut mit mir gewesen. Bodild hat es durchgesetzt, daß ich hier eine Freiwohnung erhalten habe, in der ich und mein Junge viel Raum haben. In meiner Kindheit lebte in den Zimmern die alte Demoiselle Stahl, die mir gut gesinnt war: damals ahnte ich nicht, daß ich einmal an ihrem Fenster sitzen und auf den lustigen Brunnengott blicken würde, der noch immer im Schloßhof steht. Aber es ist ein friedliches Nestchen, das ich mir bauen durfte, und wenn ich durch die Straßen der kleinen Stadt gehe, dann grüßen mich manche bekannte Gesichter. Und hin und wieder gehe ich zu Onkel Willi, der mit seiner Miß ebenfalls in seinen alten Räumen wohnt, und dann kommt es wohl, daß ich frage:

Onkel Willi, weißt du noch, wie dieses war und jenes?

Er nickt dann und sagt ein bestätigendes Wort; aber am liebsten sitzt er ganz still und spinnt sich ein in seine Träume und fragt nicht danach, daß ihn die Menschen vergessen haben. Und eines Tages wird er leise dorthin gehn, wohin seine Träume ihn schon lange führten. Ich aber versuche nicht immer zu träumen. Meine Zeit ist noch nicht gekommen, ich soll noch Frucht bringen, und eines Tages wird sie von mir gefordert werden. Ich will arbeiten an Harald, und Bernd will mir seine kleine Tochter Lita geben, damit sie unter meiner Obhut aufwachse. Dolly ist in der letzten Zeit so viel krank gewesen, daß sie für Jahre nach dem Süden ziehen muß. So also wird Lita mein Kind, und ich will gut für sie sorgen.

Manchmal höre ich noch von Bärenburg. Die einstige Magnifika schreibt mir zuweilen, und von ihr weiß ich, daß Frau Päpke Herrn Professor Müller geheiratet hat. Er hat wohl nicht die Absicht gehabt, es zu tun, aber er rechnete nicht mit einer so willensstarken Persönlichkeit, wie Lona Hellmund es ist. Die Universität hat sich von ihm zurückgezogen, und er sucht nach einer Versetzung. Sein Buch über die alte Handschrift ist auch nicht erschienen; die Geheimrätin schrieb, daß allerlei über diese Handschrift geflüstert würde, die nicht echt gewesen sein sollte. Als ich dies las, mußte ich an meine Freundin Bodild denken, die nur mühsam auf meine Bitte einging, Professor Müller aufzuklären, daß er sich in der in ihrem Archiv gefundnen Handschrift geirrt habe. Sie hatte sich auf diese Rache gefreut; aber meine Bitte hat sie dann doch erfüllt. Ich weiß, daß Walter ganz meiner Ansicht sein würde. Walter haßte alles Unedle, und ich will werden wie er.

Frau Roland wohnt nicht mehr hier in der Stadt. Fred hat seine Klinik verkauft und ist mit seiner Mutter nach Paris gegangen; es heißt, daß er nächstens an eine größere Universität berufen werden würde. Denn seine große Bedeutendheit ist ihm unvergessen, und die Menschheit hat ihn nötig. Harald spricht manchmal von Stinchen und sehnt sich sogar nach ihr.

Weil sie eine Schwester von Minchen ist, möchte ich sie gern sehen, sagte er mir gestern. Mutterlieb, wenn Stinchen groß ist, kann ich sie vielleicht heiraten. Glaubst du, daß es Papa recht sein würde? Er spricht so viel von seinem Vater, und in seinen Gedanken ist er nicht tot, sondern lebt weiter. Der Geist seines Vaters wird ihn auch hoffentlich weiter schützen und seinen Charakter befestigen.

Es ist ein stiller Herbsttag. Die Sonne liegt auf unserm alten Schloß, auf seinem Hofe, auf dem lachenden Triton. Ich sitze auf der verwitterten Brunnenschale und lese ein Schreiben, das ich heute erhalten habe. Der alte Herr Stahl ist gestorben und hat mir zwanzigtausend Mark vermacht. Zum Ersatz dafür, daß ich die Erbschaft, die mir seine Tante bestimmte, nicht erhalten durfte. Dies Geld kommt mir sehr überraschend, aber es wird mein Witwenleben erleichtern und vielleicht für Harald die Wege bahnen. Unwillkürlich sehe ich nach den Fenstern, hinter denen ich als Kind die alte Demoiselle sitzen sah. Sie ist seit mehr als zwanzig Jahren tot, aber ihre Gedanken leben noch und haben Frucht getragen. Wenn ich einmal so alt sein werde, wird man es auch von mir sagen können?

Harald kam heim, ich hörte seine lachende Stimme, und dann rief er: Da sitzt sie!

Vor mir stand Fred Roland, der sein kleines Stinchen an der Hand
führte. Sie trug ein schwarzes Kleid, aber ich achtete nicht darauf,
sah nur ihre Kinderaugen und freute mich, daß sie so groß geworden war.

Dann lief Harald mit ihr davon. Er hat wieder einen Hund und
einen Vogel; er mußte alles zeigen. Fred Roland setzte sich neben
mich auf den Brunnenrand, und der Triton lächelte.

Wir sprachen von vielen Dingen. Er hat einen Ruf als ordentlicher
Professor nach K. erhalten und wird ihn auch annehmen. Sein letztes Buch über eine neue Heilmethode hat ihm die Berufung einge-
tragen.

Nun wirds hoffentlich besser gehen, sagte er mit einem kurzen
Atemzug, und wie ich in sein scharfgewordnes Gesicht sah, da
wußte ich, daß auch für ihn die Zeit seiner Reife gekommen war.

Dann sagte er plötzlich: Meine arme Frau ist schon vor sechs Monaten gestorben.

Ich erwiderte nicht viel. Es war schwer, die richtigen Worte zu
finden. Er machte auch eine abwehrende Handbewegung und
nahm dann plötzlich den Hut vom Kopfe.

Anneli, Sie brauchen mir nicht zu kondolieren. Es mag hart klingen, aber meine erste Ehe ist eine Kette von Unglück gewesen. Ich
trug natürlich die Schuld: fern sei es von mir, der Verstorbnen einen
Vorwurf zu machen; aber ich kann mir denken, daß es nun alles mit
mir besser wird. Besonders, wenn – er hielt inne und sah mich an.
Anneli, ich habe Sie einst aus dem Wasser gezogen; wollen Sie jetzt
auch mir das Leben retten? Wollen Sie nicht meine Frau werden?

Ich saß ganz still. Der Triton sah lächelnd zu mir hin, über dem
Schloß schwebten wieder die Wandervögel. Walter blickte ihnen
immer nach, wenn sie in die Ferne zogen. Und dann begann ich vor
mich hin zu sprechen:

Sie dürfen nicht zürnen, Fred, aber ich kann nicht die Ihre werden. Denn ich gehöre einem andern. Ich gehöre meinem Manne. Sie
werden sagen, daß er tot ist, aber für mich ist er nicht tot: er lebt,
und er ist immer um mich. Er ist mit mir so gut gewesen, Fred, so
gut, und ich habe so viel an mich und an meine Gedanken und Sor-

gen gedacht und so selten an ihn. Er hat es mir nie übel genommen; er hat mich weiter geliebt, mit meinen Fehlern und Schwächen, und sein letztes Wort war für mich ein Wort der Liebe.

Sie sind noch so jung – murmelte Fred, und seine Stimme klang heiser.

Die Liebe fragt nicht nach Alter und Jugend, Fred; ich kann Walter niemals aufhören zu lieben, und meine Liebe soll immer größer werden. Sie soll nicht blaß werden mit den Jahren, und sie würde es vielleicht, wenn ich Ihnen folgte in ein andres buntes Leben.

Fred saß eine Zeit lang, ohne zu sprechen, dann begann er von neuem. Einmal habe ich gedacht, geglaubt –

Ganz recht, einmal habe ich Sie sehr lieb gehabt, Fred; das war, als ich ein Kind war, und dann, als wir uns in Luzern trafen. Als ich Walter heiratete, empfand ich für ihn keine große Liebe. Wenigstens nicht die, von der in den Romanen geschrieben steht. Aber die Liebe zu meinem Manne ist immer größer geworden, und jetzt, da er von mir gegangen ist –

Ich bemühte mich, meine Tränen zu verstecken, aber sie brachen hervor.

Lassen Sie mir meine Liebe, Fred!

Da faßte er meine Hand, küßte sie und ist den Schloßberg hinunter gegangen, ganz langsam und in gebeugter Haltung, wie ein alter Mann. Aber ich weiß, daß er wieder aufrecht gehen und jung werden wird. Und eine Frau, die zu ihm paßt, wird mit ihm die Früchte seines Ruhmes ernten.

In der Ferne aber hörte ich Haralds lustige Stimme. Ja, mein Sohn, ich will bei dir bleiben, und auch bei dir sollen die Früchte reifen.

Im Schloßhof steht noch heute der Triton und lächelt sein lustiges Lächeln. Er hat schon vieles in seinem Leben gesehen und sieht jetzt dem Winter entgegen, dem Schnee und Regen, den Eiszapfen, den grauen Schwänen, die über sein Haupt dahinfliegen.

Aber nach dem Winter kommt wieder der Frühling, und wir werden seiner warten.

Über tredition

Eigenes Buch veröffentlichen

tredition wurde 2006 in Hamburg gegründet und hat seither mehrere tausend Buchtitel veröffentlicht. Autoren veröffentlichen in wenigen leichten Schritten gedruckte Bücher, e-Books und audioBooks. tredition hat das Ziel, die beste und fairste Veröffentlichungsmöglichkeit für Autoren zu bieten.

tredition wurde mit der Erkenntnis gegründet, dass nur etwa jedes 200. bei Verlagen eingereichte Manuskript veröffentlicht wird. Dabei hat jedes Buch seinen Markt, also seine Leser. tredition sorgt dafür, dass für jedes Buch die Leserschaft auch erreicht wird.

Im einzigartigen Literatur-Netzwerk von tredition bieten zahlreiche Literatur-Partner (das sind Lektoren, Übersetzer, Hörbuchsprecher und Illustratoren) ihre Dienstleistung an, um Manuskripte zu verbessern oder die Vielfalt zu erhöhen. Autoren vereinbaren direkt mit den Literatur-Partnern die Konditionen ihrer Zusammenarbeit und partizipieren gemeinsam am Erfolg des Buches.

Das gesamte Verlagsprogramm von tredition ist bei allen stationären Buchhandlungen und Online-Buchhändlern wie z. B. Amazon erhältlich. e-Books stehen bei den führenden Online-Portalen (z. B. iBookstore von Apple oder Kindle von Amazon) zum Verkauf.

Einfach leicht ein Buch veröffentlichen: **www.tredition.de**

Eigene Buchreihe oder eigenen Verlag gründen

Seit 2009 bietet tredition sein Verlagskonzept auch als sogenanntes "White-Label" an. Das bedeutet, dass andere Unternehmen, Institutionen und Personen risikofrei und unkompliziert selbst zum Herausgeber von Büchern und Buchreihen unter eigener Marke werden können. tredition übernimmt dabei das komplette Herstellungs- und Distributionsrisiko.

Zahlreiche Zeitschriften-, Zeitungs- und Buchverlage, Universitäten, Forschungseinrichtungen u.v.m. nutzen diese Dienstleistung von tredition, um unter eigener Marke ohne Risiko Bücher zu verlegen.

Alle Informationen im Internet: **www.tredition.de/fuer-verlage**

tredition wurde mit mehreren Innovationspreisen ausgezeichnet, u. a. mit dem Webfuture Award und dem Innovationspreis der Buch Digitale.

tredition ist Mitglied im Börsenverein des Deutschen Buchhandels.

Dieses Werk elektronisch lesen

Dieses Werk ist Teil der Gutenberg-DE Edition DVD. Diese enthält das komplette Archiv des Projekt Gutenberg-DE. Die DVD ist im Internet erhältlich auf **http://gutenbergshop.abc.de**